去年今日此門

亦舒

永自在：女，二十歲，大學文科三年級，成績優異。她有驚人攝影記憶，幾乎過目不忘，有能力大量閱讀參考書，組織整理，加上本身意見，寫成報告，無往不利。

當然，記憶對不愉快事件也同等看待，所以，親友同學都說自在記仇，不好相處。

這一天，像所有一天，放學後，女學生連群結隊逛書店，自在一個人走到小巷，選擇零食檔買小食。今日，賣小蛋餅的伙計不在。

可能在隔壁街，過去看看……

那處正在大興土木蓋新房子，一地建築材料，聽說有人鞋底鏟入銹釘，直達皮膚，後患無窮，她遲疑在街口張望。

忽然之間，她眼前一黑，還不知發生什麼事，已被人大力拖着扯走。

她驚恐，大聲叫喊，舞動雙臂，想把罩着頭的黑套子扯脫，雙腳亂踢。這時，有人在她臉中央椿打一拳，她昏厥過去，任由魚肉，被拖上一輛小型貨車後廂。

車門關上，駛去無蹤。

當時，巷口街角，起碼有十多人，但，沒人看到什麼，才十多秒時間，一個身高五呎五，體重一百零五磅的少女失去蹤影。

這是一宗綁架案，永自在遭到綁票。

這件突發事件，改變四個年輕人一生。

主角是永自在，與三個綁匪。

一天之前，生活還如常，傍晚，自在戴耳機在房中聽老師在課堂述說考試大綱，窗下泳池嬉戲聲喧嘩。她同父異母弟弟把女友帶回家，一個個扔下水，她們不但不驚恐，還哈哈大笑，笑聲叫嚷，鄰居已經投訴過好幾次，永康莊只是不理。

與康莊親生的妹妹柔美敲門進來，喃喃說：「要多賤就多賤。」

自在勸說：「只玩這麼幾年就會老大，也只得隨她們去。」

「我倆為何不玩？」柔美不服。

「因為我們在少年期過後還有其他事要做。」

「要考試了，給些提示。」

自在把一疊筆記給她：「第一、七、十四題必出。」

「我最怕作文。」

「背熟這篇『晉敗秦師於肴』的教訓可適用於今日。」

「我欠你。」

「別客氣。」

半晌，門又被推開，柔美一聲不響把一隻最新名牌背囊丟進送給半姐。

柔美就是那樣，沒有長腦必要，因此，腦子也沒長齊全。

這時，永先生回來，在門口就聽見吵鬧聲，親自走到泳池邊，拍拍手掌，

「散會。」

總算靜下來。

這一晚永先生不在家，他往北京開會，自在在房內吃碟頭飯，免治牛肉加蛋，最美味不過，永吃不厭。

真是一點異樣也無。

人，怎麼好算萬物之靈呢，對於即將要發生的意外，一無所知，並沒警覺，比一隻老鼠還不如。

永康莊其中一個女友沒有離去，深夜，女傭拍門，「這位小姐，該回家了。」

半晌，康莊與女孩出來說：「我送她。」

「天雨路滑，由司機送這位小姐得了。」

自在不由得看窗外，沒呀，沒下雨。

這一天，像所有日子一樣，其悶無比，身為少女，自在替自身不值，應該有心愛的男朋友陪着在歐洲到處逛才是，那會是一生最好回憶。

這樣看永家三姐弟的心態，永父好似是市中富戶，其實不，不過生意稍為順手，都會風氣奢華，許多人喜歡把百萬花成千萬，千萬裝成億萬，場面上做足輸贏。

永先生深精此道。

自在生活也不是像表面上那樣順風順水。

她期待畢業後自立。

聽說今日學士文憑不甚中用，唉，到時再算吧。

生母是原配，生下自在，不久病逝，永父再娶。此刻的永太太，為人深沉，連柔美都說：「不說好，也不說不好，問非所答，答非所問。」

自在沒有想像中快活。

但，表面融洽，已經知足。

弟妹所有，她都不缺，表面上均有一份。

一日，看到永太太擰柔美面頰，甚覺羨慕，永太太永遠不會對她那樣親暱。

她也從不叫她媽。

只要還算融洽，日子就順着過。

哪裏去找十全十美的人生。

但也沒想到，會有那麼驚怖的事發生。

當時永自在被拖入密封車廂，一個男子把她摔到角落。

另一男子沉聲說：「小心點，她身軀纖弱。」

一個女子哼一聲。

三個人，兩男一女。

這時自在漸漸甦醒，不覺痛，也沒有驚呼，她一聲不響，蹲在一角，嘴角黏到血液。

「她醒了。」

三個人的聲音都經過變聲器處理，聽上去怪怪，像卡通片裏鴨子與貓鼠。

「永小姐，請你合作，很快放你走。」

永自在漸漸知道發生什麼事，她渾身麻痹，忽然失禁。

那女子冷笑，「看，這就叫千金小姐。」

「住聲。」

這人明顯是老大。

車子駛了一大程路，蒙着頭的永自在惶恐中計算約駛了四十分鐘，如走直路，那種車速，約駛過二十公里，但她重複聽到一個議員競選站廣播，「請投陳大文一票，為社區服務，死而後已」，一共兩次。

司機在兜路，混淆視聽。

終於，大約是到達近郊，空氣味道不一樣，一陣濃烈動物排洩臭味。車停，眾人下車。

其中一人把永自在推出，她站不穩，坐到泥地上，至今，她已骯髒不堪。

司機把車駛走。

他們拉自在入屋，叫她坐在椅上，用手銬銬住。

程序井井有條。

他們坐下吃點心喝汽水啤酒，像在等什麼。

永自在一聲不響。

眾綁匪也不出聲。

終於，女聲說：「替她換一套衣裳，臭死人。」

「別多事。」

「等什麼。」

「等大腦指示。」

永自在漸漸靜下來，原來他們還有大腦。

誰，誰與永家有仇，要綁架他家子女。

自在已顧不到一身污穢，又渴又餓，她側耳細聽室內動靜。

忽然手機電話響起，響號特別，是一個小女孩聲音，「媽媽，媽媽。」

自在忽然落淚，誰在叫媽媽。

他們聽電話，忽然騷動，有人推跌椅子，那女子尖叫：「怎麼辦，怎麼辦，怎麼會發生這樣的事！」

自在驚愕，他們比她還要驚惶。

她也想知道發生什麼事。

連變聲器都脫落，「犬，你作主，我們應該怎麼辦。」

那老大叫「犬」。

他說：「鎮定，別亂，全部坐下。」

玻璃瓶被摔碎。

「怎麼辦？郝大腦一小時前被警方拘捕，郝組整隊被斫斷解散，小丁來電知會，所有活動斬纜，切莫禍延他隊。」

自在聽在耳內，驚異莫名，他們的領導人忽然被捕，這些嘍囉，難保不會做出什麼事。

「放掉人質？」

「這麼辛苦近月打探放線監視，落得個空，現在連皮費都賠上，怎麼輕易放人，犬，我們接着做。」

一片靜寂。

「太倒楣了。」

「犬，人已經在這裏，大不了減低收費，區區數百萬，對永氏來說，不過是零花，一手交人，一手交錢，明天此時，我們又是一條好漢。」

犬還在沉吟。

「郝大腦進去，大半輩子也出不來，他出事的是警方最恨的芬他奴，我們騎虎難下，逼不得已，才出此下策。」

女聲：「我不管這些道理，我等錢用，我要匯醫藥費進去救母。」

「快拍照傳給永家，叫他們廿四小時內籌款贖人。」

犬沉聲，「此刻放人，還來得及。」

「永家事後一樣會報警。」

「犬，我們是逼上梁山。」

聽到這裏，永自在已知道這三人年紀與她相仿，約中學程度，誤入歧途，被大阿哥羅致做綁匪，事前做過許多準備工夫，事成後頭子忽然被捕，組織棄卒保帥，把他們丟下。

啊，多麼倒楣的賤骨頭。

那麼永自在這個肉參呢。

犬有主張，「把今日報紙找來，叫她拿着，拍張照片，傳到永家。」

他們蒙臉，把人質頭上黑布罩除去。

自在雙眼一時不習慣強光，自然反應，緊緊閉起。

「弟，你看你把她打得一臉血污，腫如豬頭。」

那女子把報紙塞到自在手中，用手電拍攝，手法極快，又給自在罩上黑布。

「快點傳過去。」

「說什麼？」

「令千金已被我方綁架，廿四小時內將現款三百萬送往——否則後果自負。」

「不，不，說白一點，永柔美被我們綁架——」

永自在一震，開口：「誰，你們說是誰？」

電訊及照片迅速傳出。

「啊，永小姐有話說。」

永自在這時真忍不住冷笑，「錯！我不是永柔美，你們綁錯人。」

三個人同時嘩一聲叫出來，連忙爭着翻人質的書包。

「我的天，所有證件與書簿上都寫『永自在』，我們弄錯了。」

「這永自在並非親生，在家不受寵愛，這次慘啦。」

「啊，啊，啊，黑過墨斗！」那女子哭起來，「我不幹了，我回酒吧做女招待，我從未遇過如此衰事，見鬼了。」

兩兄弟唉聲嘆氣頓足。

忽然那個弟弟大聲吆喝：「說，永自在，你在老父老母心中，值多少？」

自在聲音沙啞，「在繼母心中，不值一文。」

「你還是你爸生的吧。」

「他不在本市。」

「嗄，他總有電話呀。」

「要聯絡他，非得通過他的助手，或是繼母。」

「那麼，你繼母始終還是得見他，就將計就計，綁錯人也得付贖金。」

「她不會理你們，她會即時報警。」

「我不信，她真有那麼冷血，她不怕撕票。」

「殺人的不是她，是你們。」

「嘿，」那弟弟生氣，扯着人質手臂摔她到地上，大力踢她。

自在忍痛不作聲。

那邊，永太太忽然收到一則電郵：「永柔美已被我們綁架，速準備贖金三百萬元現鈔，交收地址三小時後再聯絡，切勿報警，否則撕票。」

接着彈出一幀照片，一個披頭散髮，一臉血污，眉青目腫的女子抓着一張報紙，日期一絲不錯正是今日。

永太太受驚大叫，「救命救命，快聯絡永先生！」眼淚驚恐落下，臉皮漲紅，站都站不穩。

兩個傭人聞聲奔出，「太太，太太怎麼了？」

這時有人走下樓梯，「叫我？」

一看，正是永柔美。

永太太一見，回過氣來，「你，你，」破涕而笑，「你在家！」

柔美急問：「媽媽為何驚慌失措？」

永太太緩緩坐下，雙手還在顫抖，到底是見過世面的人，這時想到，匪徒是綁錯人了，一樣是永家女兒，但不一樣，不是永柔美。

她深深吸一口氣，「康莊在何處？」

傭人答：「在樓上睡覺，他清晨才回。」

「鎖好大門，關上所有窗戶，把公司保鏢陳忠叫來，快。」

兩腿還是發軟，把柔美摟在懷內，忽然哭泣。

柔美這時看到電話熒幕上照片，一時不信是真實情況，凝視半晌，才尖叫：「是自在，自在遭人綁架，快報警署理。」

這時永康莊也惺忪下樓，得悉事件，也說：「報警，這不是我家婦孺可以擔當。」

「通知父親，問父親該怎麼辦。」

保鏢陳忠到了。

中年，大塊頭，一臉剽悍。

永太太問：「你看怎麼辦。」

陳忠脫口說：「三百萬，數目這麼少。」

永太太給他白眼。

陳忠訕訕：「永太太，我看是報警妥當。」

「知會永先生，請他回轉，由他作主。」

永太太立即說：「找永先生。」

永氏助手吞吞吐吐，「他正開會。」

永太太起疑，「家有急事，人命關天，北京時間與本市相若，晚上開啥會，快揪他出來！」

「他不在北京。」

「在何處，與誰在一起，說，永自在被人綁架，他不現身，後果自負。」

助手慌了，「我立刻找，他在巴黎——」

永太太把永自在血淋淋照片傳去，摔下電話，怒火中燒，「報警。」

阿忠立刻知會警方。

永太太雙手繼續簌簌發抖，這下子為的，又是另外一件事。

永柔美受到驚嚇，「媽媽，他們原先目標是我，自在做了我替死鬼。」

「她沒死，你瞎說什麼。」

警方人員很快就到，一男一女兩個年輕人，便裝，像是到訪人客一般，進屋，收斂笑容，取出證件，自我介紹：「刑事重案組總督察丘山與路明，接辦此案，請盡量與警方合作。」

作工人打扮的工作人員，自後門進屋在電話上做出若干部署。

得知情況，丘督察也意外，「啊，點錯相。」

看近照，兩女的確相像。

永宅門戶嚴謹，堪稱銅牆鐵壁，在街外擄劫的確聰明。

路督察問及許多細節，終於問到，「永先生在何處？」

永太太這時相當平靜的說：「與女友在巴黎度假，訛稱人在北京開會，那女友，我猜想是新進歌星翠芝。」

路督察啊的一聲。

「永自在是你大女？」

「不是我親生，她生母病逝，由我一口飯一口粥養大。」

這時她說：「我累了，要休息一會，兩位督察，你們看着辦吧。」

兩位督察面面相覷。

他們發覺這一家人，並不十分關切永自在小姐處境。

路明輕輕說：「這件事有點嚕囌。」

「先讓手下在街上打探誰會做這件事。」

「讓永太太先準備贖款。」

這時，永先生的電話到了。

他還算沉着，「我即時趕回，我已命銀行送贖款過來。」

永太太的電話響。

「明朝十時在七鄉七記茶室戶外牆角座位交款，遲者自誤。」

「我想聽永自在聲音。」

電話中傳來自在驚恐慘叫：「不不，不要這麼做。」接着一聲悶喊。

片刻照片傳來，只看到一隻血肉模糊的手指。

丘督察霍地站起，如此殘暴。

永氏整家驚呼。

訊息終止。

永柔美尖叫：「那本來是我，那本來是我！」

傭人連忙請醫生。

丘督察再次發覺，他們仍然不是為永自在安危驚慄。

可以想像，綁匪何等暴怒。

犬控制不住弟，兩人打架，被女子隔開。

「我一定要把她手指切下，要不，你陪老子開心開心。」

犬冷冷說：「這種形勢，你還開心得起來。」

弟把永自在左手拖出壓住，取出剪刀。

「不，不。」自在高聲嚷，渾身發汗，「你們要的是錢，我家有錢——」

那女子的電話又響：「媽，媽。」

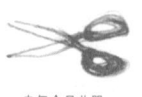

她聽兩句，「永家已經報警，我們不能去取贖款，永自在，你看你家有多疼你。」

自在怔怔落淚，完全絕望，不再叫嚷。

換轉是柔美，他們會這樣做嗎。

「我今日大發慈悲，這樣吧，女子沒有一隻手指多難看，剪下她足趾。」

那弟聽了不知多高興，叫女子拿着手電拍攝，一刀剪下永自在右腳尾趾。

永自在無比驚怖，急痛攻心，昏厥。

醒轉，整間木屋旋轉，除出痛的感覺傳遍全身，已沒有其他，有人餵她吃止疼劑。

「便宜你了，這是百元一顆的可典。」

女子沉聲說：「永自在，我們要走了，曾為你止血，但沒停止，你身嬌肉貴，捱不捱得過這關，看你造化。我們發覺，你的命水也不比我們好多少，不好意思，有機會替你超度。」

那弟在一邊說：「嚕嗦什麼，快把所有東西消除帶走，丟入大海，這次慘敗，沒齒難忘。」

自在四肢被綁，服了藥，天旋地轉，但天靈未滅，忽然喚名：「犬，過來，走近一點。」

「犬，別聽她。」

犬卻走近一些，把耳朵傾近，「想說什麼。」

「你聽好，我失血，又受重傷，留我在荒屋，必死無疑，你們身上便揹一條人命，警方必天涯海角搜捕你們為我報仇。」

「你我運氣欠佳。」

「你們不過是要錢，我有東西與你們交換。」

女子冷笑，「你有何物，我等又有何物，彼此只得赤裸賤命。」

「聽好，我可把永宅門窗保安密碼告訴你。」

「現在還要來何用，整幢屋子四周都是警察。」

自在喘氣，「不是現在用，而是將來。」

「笑話，哈哈哈哈，」那弟弟笑聲如狼嚎，「先放你走，然後你給警察通風報信，我們則束手待捕。」

「聽她說。」

「這密碼，在永家開宴會之際會熄滅，人多，你們穿整齊一點，可以混進，若不，趁他們度假，也可侵入。」

「接着說。」

「你會倉頡中文打字否，大門密碼是『百福臨門』，只准按錯兩次，否則警鐘大鳴。」

「這麼有趣，呵呵呵。」

「請給水喝。」

「給她。」

犬還替她鬆綁。

「財物，在永氏夫婦臥室衣帽間內。」

犬為人機靈，這時發覺永自在是不稱「我家」與「我父母」，只說「永宅」與「永氏夫婦」。

的確不像是她的家與她的家人。

「說下去。」

「珠寶在永太夾萬，密碼是『蓬門今始為君開』。」

「你父呢。」

「『去年今日此門中』。」

「筆畫那麼複雜，你都記住了。」

「是，都緊緊記住，今日用來保命，連永氏夫婦，每次打開夾萬，也要對牢一早記錄部首鍵入。」

「你想怎樣。」

「現在，我已是你們共謀，大家一條船，你把我載到醫院，在門口丟下，我可以告訴你們，夾萬內，不止三百萬。」

「別聽她的，就死的人，胡言亂語。」

永自在已氣若游絲，年輕的她心想，原來生命逝去，是這個樣子，漸漸一點力氣也無，睜眼張嘴都難。

「扶她上車。」

「犬，後患無窮。」

「我們不是好人，但也不是殺人犯。」

「犬，綁票罪同企圖謀殺，這次，我們真為奸人所害。」

「不好怪郝大腦，我們三人自願參與，快收拾所有證物，這女孩捱不了很久，她已奄奄一息，天快亮。」

「犬，你會後悔。」

「如有意外，我決不供出你倆。」

三人手腳倒快，木屋內本來沒有什麼，幾隻空罐頭，幾張舊報紙。

最奇怪的是，犬走到牆角，大力一扯，便把木屋牆壁拆下！不是木建的四壁牆，而是一座布景，木壁撕下，露出灰色水門汀牆。

不，他們從來不在木屋，而在鄉間一間廢置工廠，有什麼事，警方只會找木屋搜索。

弟把布景摺好，放入大帆布袋。

「可以走了。」

犬揹起昏迷的永自在下樓。

地上有血跡，難不倒那女子，她有一瓶大汽水，往地上澆，說也奇怪，血漬立刻消失無蹤。

她也十分仔細，再三四處視察，只帶走一件證物，靜靜離去，關上鐵閘。

登上小貨車，三人靜默。

駛到醫院，轉入急症室車道，打開車門，把永自在丟出。

自在打幾個滾，仆在柏油地，又擦傷多處。

救護人士奔出看視，只見一個血人蜷縮躺地下，好似一個孩子，衣衫污穢不堪，體無完膚，大驚，急急通報抬進醫院。

醫院大門保安攝錄影機只拍到一輛普通之極小貨車駛近，丟下傷者，又再駛走。

貨車遍尋不獲，是一輛三個月前報失的車子。

警務人員獲得消息之際，永氏正在點數現鈔，預備送往七鄉七記茶室。

丘山督察怔片刻，才告訴永氏：「永自在已經找到。」

「何處？」

「醫院。」

永氏一言不發，趕往醫院。

醫務人員在病房門口等他。

「可有生命危險。」

「救是救回來了，傷患正在處理，除了失血，其餘都不算嚴重，鼻樑手臂與肋骨各有折斷，她遭蚊蟲叮得全身紅斑，但過多兩個月內可痊癒。」

永氏鬆口氣，憔悴坐下。

「稍後你可以見她。」

這時警務人員趨近，「永先生，請你回答幾個問題。」

「現在不行。」

「永先生，不是需要預約吧，你也希望早日緝拿兇徒歸案。」

說這話的是雙目炯炯有神路明督察。

永氏的助手阻擋，「永先生心情欠佳。」

「那麼，到警署接受問話比較清靜。」

「快點問。」

「永先生，你可有顯著仇家？」

「我想不到，我做出入口零食，競爭不強。」

「家人可有與任何人爭執，譬如說，外籍傭工。」

「家裏傭人全部十年以上資歷，廚子與保母在永家二十年，看着三個子女長大。」

「可有債項問題？」

「親友上門，必不致空手而回，公司財政穩健，聲譽頗佳。」

「那麼，先生可認識一個叫郝志強的人。」

永氏一怔，隔一會才答：「不知道。」

「他在江湖有一個綽號，叫郝大腦，你倆從無聯絡？」

「看，我女兒已經釋回，我也沒付出任何贖金，此案已經終結。」

「永先生，尚有犯人在逃。」

「那郝某不是已經因販毒落網？」

「永先生，原來你聽過這名字。」

「我看報紙得知。」

片刻看護通知：「永自在醒了。」

永氏站起，問丘督察：「你們還不走？」

路督察答：「我們要問話。」

看護這樣說：「只允許五分鐘。」

他們很快知道為什麼。

永自在一臉青腫，目無焦點，神情呆滯。

永氏趨近，「自在，我是爸爸。」

他淒酸握住女兒雙手。

永自在輕輕喚人，「爸爸。」

永氏心如刀割，「爸爸沒看好你。」

路督察走近，「永自在，我是警方人員，我叫路明，我想問你，一共幾名綁匪？」

永自在看着她，靜靜回答：「不知道。」

永自在臉容像萬聖節孩子們戴來嚇人的面具。

「是男人還是女子？」

「不知道。」

「他們帶你到什麼地方，是鄉間還是鬧市？」

「不知道。」

「可有聽到任何不尋常聲響？」

「不知道。」

路督察忍不住，「永自在，你總知道一些什麼？」

「我遭人綁架，太過驚嚇。」

「他們禁錮你多久，兩天，三天？」

永自在搖頭，「我不見天日。」

「可有吃東西？」

她搖頭。

「可有冒犯你？」

這次看護插嘴：「醫院檢查報告中說沒有損害，這位督察，你可以走了，永自在現階段不會記得什麼。」

「還有幾個問題——」

永氏怒目相視，「有風切莫駛盡帆。」

丘山說：「我們改天再來。」

離開病房，路明說：「此案十分蹊蹺。」

「已打探到永氏有個叫翠芝的女友。」

「有什麼關連？」

「這歌星翠芝，原本是郝志強的情人，人稱阿嫂。」

「啊，有點頭緒了。」

「這是宗『你剃我眼眉，我刮你頭皮』的恩怨，永自在完全無辜，找幾個同事到獄中與郝志強談談，如願交換消息，准他在操場多逗留一小時之類。」

「只是為着一個女人。」

「這是面子問題。」

「一些女人就有這個本事，像我，叫男朋友多打一次電話也難。」

丘督察微笑，原來他與路明，還有情侶關係。

那邊，永氏臉色暗沉回到家，斟酒自飲。

永太太問：「還好吧？」

「半條人命。」

「可有遭到——」

「不幸中大幸，沒有。」

永太太半真半假鬆口氣，「自在擋了柔美的災劫。」

「柔美呢？」

「由司機陪着去看自在。」

「證據都給警方了嗎？」

「他們已經收去我電話。」

「可有問話？」

「問了一個鐘，我們三口什麼都不知道。」

也是不知道。

「自在可有提供線索。」

永氏語氣諷刺：「你關心什麼？」

「壞人還沒有歸案。」

「家裏街外會加強保安。」

第二早，永氏已看到暢銷報紙頭條暗示富家女被綁架新聞。

永宅電話響個不停，門外有記者探頭探腦。

永氏讓家人搬到別的屋子暫住。

他私人電話也忙得不可開交，那翠芝一天廿四小時找他，他只是不應，派人送去一張巨額本票，當然，這江湖女兒明白了，停止騷擾。

永宅大門保安設施全部更換，服務員工只能朝七晚九出入大門，保鏢守在門前門後。

永自在傷勢略有起色。

柔美與康莊一起探望。

「對不起，姐姐。」

「與你無關，不要放心上。」

康莊說：「自在，下週父親叫我起程往倫敦升學。」

「這麼快找到學校？」

「先去熟悉一下環境，聽說那天氣那人情，足以叫人自殺。」

自在反而安慰他：「不怕，女孩極之漂亮。」

「才怪，加州女郎才美。」

「姐，我往加州。」

「別搭順風車，也不要載人乘順風車。」

「自在，家裏只剩你一人。」

「學校有找我嗎。」

「你同學紛紛送問候卡片及花束，校務處應允替你留學位，爸不讓他們與你直接聯絡，怕吵着你。」

都知道了。

柔美問：「姐，護士説你老做噩夢。」

「柔美，我倦了。」

「我們告辭。」

「祝一路順風，學業有成。」

他們擁抱自在。

意料中，丘山督察又來問話。

路明跟在他身後。

真有趣，他倆一直裝作只是同事關係，但毋須很聰明的人都看出他們舉止眼神親昵，實是情侶。

「永小姐，你氣色好多了。」

自在不語。

「想一下，在什麼地方，被人架上車。」

「上區興發街橫巷叫大興里附近零食檔，過去一段路有古蹟文武廟。」

「怎麼會走到該處。」

「大學就在山上，小徑直通。」

「一路上，可有記憶？」

自在答：「黑布蒙頭，我甚驚恐，失禁，不敢動彈，只會戰慄。」

但她心裏明白，車子在旺區兜兩個圈子，肯定駛往鄉間，空氣味道不一樣。

車子停下，她被推下，聽見門鎖哐啷一響，是鐵閘。

「永小姐，可是想起什麼？」

「沒有。」

「綁匪是男是女，是老是嫩。」

「不知道，」又來了，「沒說話。」

「腳步聲呢？」

「沒聽到，他們將我手銬牢在椅上，雙腳綁住，不久有人生氣將我拖跌地上，我不敢吭聲。他們逼我服藥，昏昏沉沉，不知過多久，忽然切掉我足趾，我暈厥，醒轉，一片靜寂，以為已經死掉，置身殮房，護士進來，告訴我在醫院。」

「為什麼把你丟在醫院？」

「不知道。」

「你如果還想起什麼，請與我們聯絡。」

自在一直以為置身木屋，但一次忽然看到那個弟揭開木板走出，木板怎可隨意掀開？太聰明了，原來是帆布上畫着的布景，顏色與陰影栩栩如生，在人質驚怖惶恐眼中，活生生是木屋。

主腦不惜工本詳細策劃，並非三個毛小子設想得到。

這究竟是何處，永自在曾聽到鐵鎖開關，那麼，是間現代建築。附近有機器開動關停聲響，證明是工廠開工返工，可能是廢車廠，抑或廢物回收廠。

這些永自在都沒有講出。

路明說：「她知道更多，只許不知，為何？」

「已經說得比上次多。」

「是斯德哥爾摩症候嗎？」

「永自在是一個很勇敢的女孩。」

「而且鎮靜，有急智，得以逃出生天。」

在醫院側門碰到永氏，他冷笑，「又來盤問人質，犯人呢，有眉目沒有。」

兩個警務人員禮貌招呼，不動聲色離去。

醫院每道門都有記者駐守。

「永先生，是探訪女兒嗎」，「她情況如何」，「傷勢是否嚴重」……

保鏢替永氏開路。

走進病房，看護正替永自在處理斷趾部位。傷口雖然不大，也是殘疾，新肉嫩紅，隨時滴血模樣。

永氏內疚，「自在，爸爸必補償你。」

自在不出聲。

看護這樣說：「美國有女子為穿上尖窄高跟鞋，故意截去小趾，永小姐，振作。」

「病人情況如何？」

「晚上還做噩夢，只喊『不知道』。」

「可否禁止警方問話。」

「警方有權。」

「看着好了，三十年他們也破不了此案。」

「永先生，我不會那樣說。」

永氏與大女商量前程問題。

「自在，你去加拿大升學吧，該處算是太平地。」

三個子女，分散在不同地點，以策萬全。

這件案子，叫永家起巨大變遷。

「自在，我已打算與你繼母離婚。」

自在一聲不響，不便發表意見。

「警方發現她並無即日報警，知會警方是正確做法，但，她的電話收到電郵，延遲整整廿四小時，才通知警署，而我，又遲了半日，致使綁匪採取更激烈行動。」

「也許，她沒有開啟電話。」

「那電話三姑六婆不停找她，從不關閉。」

「不應責怪任何人。」

「她要報復我。」

「你到溫埠好好休養，保母兼司機會陪着你，我替你在清靜地區置了間公寓，你會喜歡。」

自在想一想，這也是道理。

「你呢，父親。」

「我的基地在此，我走不開，今晚我得在家為北京合夥人接風。」

「在家？」

「我也想過，這個關口在家請廿多三十個客人是否妥當，但宴會早一個月已經定下，在家，比酒店宴會廳親切。」

「你都想好了。」

「自在，好好休息。」

永氏走後，自在忽然微笑，今晚夜宴，百福臨門，中門大開。

那一個晚上，永宅燈火通明，護衛員人數比賓客還多，宴會順利舉行，賓主盡歡，各人對永氏藏酒數量及質素讚不絕口。

最後一名客人離去，永氏獨自在書房處理文件。

永妻緩緩走近，「有什麼話，今晚說清，殷律師已向我説明你的意向。」

「離婚。」

「沒想到這頭家就因此導火線散掉。」

「離婚。」

「行，這間宅子歸我，你得搬出，還有，家裏兩隻保險箱你得放下，我還要這筆現款。」她說一個數目。

「全依你，明日一早，叫殷律師辦文件。」

永太太一怔，這樣爽快，叫她恍然若失。

「一男一女呢。」

「兩人一齊照顧，你若不願，我可與他們脱離關係，康莊與柔美，把賠錢貨三字提升到另一階段，得養一輩子。」

「自在呢。」

「拜託別再提自在兩字。」

永妻怔半晌，「再見。」她說。

第二早，永氏就搬了出去。

中午，永妻想放回昨晚戴過的珠寶，打開保險箱，發覺裏頭空空如也。歷年囤積引以為榮的珠寶一件不剩，全部盒子掏空，一些外幣現款也失去蹤影，她呆片刻，蹬蹬退後，坐倒地上。

接着撲到永氏房間，她一時情急，按錯密碼部首，警號大響，護衛公司即時知會警方，一時永宅又擠滿制服人員。

又是永宅。

警員知會丘山督察。

丘督察正與友人吃茶，聞訊趕至。

「損失多少。」

永太太垂頭喪氣，「還在點算，約莫千萬元以上，首飾都有照片紀錄。」

丘督察命人把圖樣交到當舖。

「現鈔呢。」

「那要問永氏。」

永氏趕到家，打開保險箱，存家裏應用款項全部失蹤。

「數目多少。」

他口氣與女兒一樣，「不記得了。」

反正永遠追不回來，多講無益。

「永先生，警方需要知道。」

「約摸一二百萬。」

「為何放這許多現金在家。」

「丘督察，每月員工薪酬已近三十萬。」

鑑證人員做例行工作，掃指模，查攝錄影機，帶回細究。

路明一聲不響。

離開永宅，她才說話。

「永自在仍在醫院？」

「不錯。」

「你每天探訪？」

「不是每天。」

「你把永自在逐漸康復情況照相，貼在辦公室。」

「你情願我貼在睡房？」

「我知你關注此案。」

「我專注每宗未偵破案件。」

「你似與我相罵。」

「路明，我心情欠佳。」

「你覺得是同一幫人？」

「幾乎肯定，這也許是交換條件：永自在因此得以逃命，她自付贖金自救。」

「多麼機智的女子，居然說服綁匪，又瞞得過警方。」

「永氏夫婦太過託大，防不勝防。」

「那不過是他們零花，真正財物，在世界各地銀行裏。」

路明查看珠寶首飾，「老鼠貨只能售十分一價格，拆出寶石，價值更低，中看不中用，猜想與原先三百萬贖金相差無幾。」

「別忘記還有好幾隻名貴手錶。」

「什麼人會花千萬買一隻手錶，我三十元大力錶一樣準繩運作。」

「有錢人。」

「丘山，我覺得你越來越陌生。」

「路明，到私人場所才談這種問題好不好。」

路明回她的辦公室。

她整天不接丘山電話。

丘山也沒找她。

一男一女關係到這種地步，實非好事。

丘山探訪永自在。

「我要往加國溫埠升學。」

「啊，千里冰封，萬里雪飄。」

「所以都擠到溫哥華，人滿之患。」

「你會喜歡嗎？」

「都是人設法遷就環境，難道還要這個世界方便我們。」

「自在，你老氣橫秋。」

「你叫我名字，我們是朋友嗎。」

「否則，叫你『不知道小姐』。」

「你懷疑我。」

「自在，你可知家中大門密碼。」

「不知道，我一向聽話在限令時間出入。」

「康莊與柔美呢。」

「不知道，我不過問，好幾次他們被關在大門之外，要在員工宿舍過夜。」

「你可知保險箱密碼。」

「丘督察，你可是懷疑我。」

「聽說是兩句詩。」

自在牽牽嘴角，「呵，是嗎。」

「醫生說已可出院。」

「我住院已經十一日，出院會搬到自己的公寓。」

「祝你學業前途似錦。」

「別告訴我父，我打算輟學，與死只差一線，還讀什麼書，看開了。」

丘山惻然。

「只想在校園到處逛逛，溫功課至凌晨之類，就不必了。」

丘山微笑，以她的明敏，不用苦讀也勝同學。

「丘督察，多謝你關懷。」

「我還是希望你協助破案。」

「警方有的是方法。」

永自在已恢復昔日清秀模樣。

她越是鎮靜，丘山越是為她擔心。

這件事對於她餘生心理影響，非同小可。

自在直接搬往小公寓。

之後即使回家探親，便住該處，不再回永宅。

她也沒有再見永太太。

延遲一日打開電話，並不是犯罪，對警方說已即時報警，也不算妨礙司法公正。

這件案子，漸漸冷卻。

都會每日發生多少大案：殺人放火、貪污行賄、股票大起大落、交通意外……

漸漸忘記永家。

永自在赴加國讀最後一年學士課程。

她首次享受到無心向學這件事。

小班教學，在講師辦公室上課，全班八人，她遲到，講師派人電話追蹤，她不好意思，只得報到。

一邊聽講一邊用平板電腦做筆記，同時書寫自己意見，也不重抄，就當功課交出，也拿到好分數。

一年過去，同學們都報名碩士班。

自在覺得挑戰性不夠。

她毋須擔心收支，春假跑到書局咖啡店做工散心。

每日由保母接送，在另一街角下車，免給同事看到。

記性好，一口氣落三五七張複雜單子絕不弄錯，井井有條，自自在在捧出飲品食物。

同事一見麻煩人客，即懇求她幫忙，像「藍山咖啡添一半紅茶一顆糖一匙牛乳加一顆冰」之類，什麼喝法都有。

一日清晨，客人排長龍，她正忙，忽然聽見另一條龍頭有人說：「招牌黑咖啡一杯，蘋果餡餅一件加熱。」

這兩句很普通的話鑽進雙耳，永自在愣住，她雙手停頓，身軀僵着不能動彈，聽不到其他聲音，時間煞住。

不知過多久，人客不耐煩，「小姐，小姐。」

她漸漸回過神，若無其事，繼續做單子。

只見那人取過咖啡與餡餅走到小桌子坐下。

自在暗暗看仔細，她不會忘記這把聲音，除非她的小足趾會得重生，不然，此人聲音像烙印永記。

啊，他不是一個難看的男子，高大但不笨重，白襯衫藍布褲，揹一隻皮書包，這是大學城，他也就像一名學生。

不會是看錯了吧。

不會，自在同自己説：就是他，就是那叫犬的男子。

避他們走到六千里路外地方，到這裏又碰上了，另外那一男一女呢。

永自在垂頭沉默，神情呆滯，躲到更衣室坐下。

他有看到她嗎，掀開黑布袋時，她鼻樑已中拳擊斷，鮮血長流，一直腫瘀，他能一眼把她認出嗎。

自在再走出店面，他已經離去。

第二早，也是她當更。

他會再度出現否？希望不會，但是她的目光一直落在咖啡室玻璃門。

才轉過頭做熱狗，他已經進來。

這次，排在她那條龍上。

「黑招牌咖啡，巧克力甜圈餅。」每朝都吃甜食。

自在一聲不響把飲料與食料交給他。

面對面近距離，她看到他濃眉大眼以及豐厚嘴唇，頭髮與皮膚都洗得很乾淨，完全是學生模樣。

他並沒有盯住永自在看，到另一邊付了錢就坐窗邊閱讀。

自在似魂離肉身，迷惘地問：這人真的在咖啡座裏？

丘督察還在等她通風報訊呢，不論在世界何處，國際刑警都可以協助破案。

他一動不動坐着讀書，到九時欠十分才離去。

同事問：「你認識他？」

「好像見過。」

「他們都一個樣子，漂亮風趣，但不知幾時願意負責成家。」

自在不出聲。

下班，走到街角，看到保母把車駛近，她身邊卻響起問候聲：「永自在，好嗎。」

她抬頭，見到是他，刻意等她下班。

原來他也一早認清了她。

不知為何，他一點也沒有迴避她的意思。

自在驚得發呆，在旁人眼中，卻出奇鎮靜，她這樣回答：「犬，你好。」

那年輕男子聽到她直呼其名，也是一震。

保母警惕，立刻下車走近，「自在，是同學嗎？」

自在對他淡淡說：「叫我呢。」

她轉身上車。

車子駛遠，自在渾身顫抖，忽然嘔吐。

保母停車照顧。

整晚為她探熱，預備一有不妥，即召醫生。

第二早，自在又要上班。

保母勸阻。

「不，」自在說：「不可示弱，我不怕。」

保母問：「怕誰，怕什麼，一個少女獨自在外，膽子小點也是應該，誰嚇你？」

自在還是上班了，不過，那天，犬沒有來。

小時候，她與柔美玩一種比誰先眨眼遊戲，姐妹瞪着眼，看誰先累。

現在，也是這樣。

繃緊神經鬆不下來，她指節發白。

那天她腎上腺分泌異常，做事迅速。

她收拾桌子把一張華文報摺好。

有人在身邊說：「可以把報紙留給我否？」

犬來了。

她很鎮定，「喝什麼。」

「需要補充能量，黑咖啡，三顆糖。」

「加一塊山核桃餅？」

「謝謝。」

怎麼會把他當作普通客人呢，應當雙手掩嘴，大聲喊：報警！這人是綁匪，不久之前，曾經意圖傷害我性命！

但是，為着存活，她與魔鬼交換條件，她不再是無辜受害人。

自在把食物遞給他，他給自在一張紙條。

這時，一班學生湧入，過了早餐時間，堅持要吃早餐，自在應付他們，一轉眼，已不見他。

字條上寫：「見你無恙，寬慰，可否下午四時在科學館噴水池左角見面。」

犬有這樣大膽識。

下班，自在要求保母送她往學校。

她說：「是否應該讓我自由出入。」

保母答：「那我要離職了。」

在校園內，她還是有一定自主，這，犬也知道。

他已在噴水池旁等候。

她緩緩走近，下午陽光照她青春苗條軀體，渾身流金，好看煞人。

他倆在長櫈坐下。

兩人不約而同問：「怎麼跑到這個城市。」

又一起回答對方：「讀書。」

自在忍不住笑，「你讀書？」

犬雙耳發燒。

半晌他說：「自在，對不起。」

「這可不是一句對不起可以作數的事。」

「我欠你。」

「其他兩名呢。」

「在英國李斯特，他們是姐弟。」

「如果我猜得不錯，她還是你女友。」

「瞞不過你。」

她忽然微笑，四肢放鬆，「怎麼搞的，我們成為朋友了嗎。」

犬沒有回答，「想家嗎？」他問。

自在這樣說：「家庭溫暖的人才會想家：母親細柔叮嚀，父親強壯肩膀，兄弟姐妹友愛吵鬧……我與家人關係疏離，這點你知道。」

犬點頭，「再見到你很高興。」

「很佩服你身手老練敏捷，又一次順利得手。」

他有點尷尬，「過去的事不必提。」

「難為那丘督察，還在苦苦設法破案，你半絲線索不留，當日用過沒有記錄的垃圾電話，全部丟到太平洋了吧。」

他一直輕估這個女孩，此刻已經學乖，貿貿然上前相認，已知是個錯誤，老遠，已經看到她在櫃枱後做咖啡，應當立即避遠遠躲起，把整件不幸事故劃上句號，但是該刹那，理智管理智，心管心，他一步步走近櫃枱。

看到她燙到手指，連忙握住耳珠止炙可愛模樣，更不知危險，只想多看一眼。

輪到他了，一杯招牌咖啡，他說。

他看到女孩一怔，面孔轉向別處。

在同一時間，她也認出他。

他緩緩走到角落坐下，咖啡盪出杯外。

他琢磨着應該怎麼做，見慣世面，也急得滿面通紅。

應當即刻逃跑。

他站起，跑出咖啡店。

這時自在問：「為什麼重返咖啡店。」

「我相信自己估計。」

「你猜想我倆會反敵為友。」

犬說不出話，她先前沒出賣他們，此刻也不會。

「女友長輩的病醫好沒有。」

「正在康復。」

「那你我都算做了一件喜事。」

「喜見你心情平復。」

「我看了三十多次心理醫生。」

「可有說出秘密。」

「我有綽號，叫『不知道小姐』。」

「你存心放我們一馬。」

「你們有意放我生路，我還活着。」

「但——」

「你們三人受郝大腦指使，可知這個並無腦子的人，又聽命於誰。」

「不知道。」

「不知道小姐問不知道先生，你們三人可是金盆洗手。」

他不出聲。

「與女友兩地相隔，可有掛念。」

犬覺尷尬，「你上課時間到了吧。」

「差不多。」

「在研讀什麼。」

「你先講。」

「我讀為期一年建造業速成文憑。」

「嗯，一技傍身，世界通行。」

「你呢。」

「讀為期一百年的世界文學，最新報告寫名著中變態情慾。」

「啊。」

「手中這本，是伊米兒左拉的《特莉莎安魂》，描述一個女子嫁病男，與情夫合謀將之殺害，因內疚雙雙投河自盡。」

犬瞠目結舌。

「華文亦不乏奇作，像牡丹亭、金瓶梅，甚至聊齋裏諸多故事。」

自在說起功課滔滔不絕，模樣天真可愛，生活似無陰影。

犬警惕，不要有任何誤會，這可是一個聰敏機靈到極點的女孩。

「還有雨果，鐘樓駝子、悲慘世界，狄更斯算潔淨正常，啊，無數例子，托爾斯泰的安娜卡列妮娜……同學都羨慕我找到這個題目；哎呀，我要遲到了。」

忽忽奔出。

犬獨自呆坐長櫈。

噫，閣下不是真的以為可以與永自在做朋友吧，然則，與她剛才形容的小說情節不相仲伯。

回到小公寓，保母有話說。

「永先生沒聽到你聲音已有多月，康莊與柔美問候你多次，許多同學不知你已長居溫哥華，四出尋訪。」

「請代我作答，叫永先生加你薪水。」

「你忘記他們了嗎。」

「過去的事，全部洗白白。」

保母覺得也只有這樣，才活得下去，自在年輕，還有得救。

「那個漂亮男生是誰。」

犬，犬還有賣相？

自在失笑，「你不會想知道。」

「正常社交，有益心身。」

正常，他倆之間的關係太畸怪了。

「可以邀請朋友到公寓吃茶否。」

「白天不妨，同宿舍規矩一樣，入房請勿關門。」

「那是中學生規矩。」

「自在我與你也有些感情，你就別為難我了。」

「我不想再看心理醫生。」

「去坐坐，一句鐘就走，無所謂。」

這保母曉得柔術，了不起。

自在往看史密森醫生時總穿白色外套，永小姐一向着名貴低調消閒便服，醫生欣賞。

她坐舒適沙發，雙眼看窗外樹影，不大說話。

一次說：「溫埠真是美麗城市，是呀，我寂寞，但我在任何地方都覺寂寞，住這裏，山明水秀，林木繁麗，寂寞也甘心。」

說這話時初秋，微雨，每張楓葉深淺不同紅棕與啡黃，半透明，玉石般美不勝收。

又一次，她說：「史密森即史密夫的兒子，傳說最先到美北投資的史密森是一個貴族的兒子，沒有名份，只得模糊地叫史密森。」

史醫生微笑，「我祖上三代有經有典，並非私生。」

自在說：「我是長房所生，但是地位不如庶出。」

「永自在你不是真計較這些吧。」

「在家，傭人叫我庶妹『二小姐』，不大稱呼我，只看一眼算數。」

醫生哈哈笑。

他從未主動提及綁架一事，自在也不講。

心理醫生始終有存在價值。

這一日，永自在相當鄭重說：「我與一個危險人物重逢，心不由己，想接近他。他對我有難以形容吸引。」

「是一個男生吧。」

自在點頭。

「越危險越刺激。」

「見完這個人，我滿臉泛紅，而且不是一般臉紅，而是一搭搭凸紅塊，像風疹。」

「啊，一定要見他嗎。」

「醫生，你知道我生活，前日，昨日，今日，明日，後日，都一模一樣，我已無心穿新衣做新事，但見他不一樣。」

「才廿一歲。」

「可不是，已像百歲老婦，有些遭遇，真會叫人一夜白頭。」

史醫生小心翼翼，「你是指該件事吧。」

歷時一年，終於提到它，繼而把脈，才可斷症。

「應付得了這種刺激嗎？」

「我不知道，時間到了，醫生，下次再說。」

急不來，史醫生想，慢慢開解。

好不意外，永先生探訪女兒，與保母詳談，然後到學校接女兒。

自在坐小班課室，背後有兩名醉翁之意不在酒的男同學凝視她雪白後頸及飄下髮絲。

自在輕輕說：「寫畸戀，諸名家似得心應手，像湯默斯哈代如此君子，都會寫黛絲姑娘這種誇張悲劇。」

同學們點頭稱是。

有人輕輕敲門：「找永小姐。」

自在抬頭一看，「爸。」

講師很幽默，「還有十分鐘，請掩門。」

自在說下去：「千百年來，一般人過着枯燥感情生活，即食之無味，棄之可惜那類，沒有機會也不敢造次，讀一個文字優美的瘋戀故事，賠上自尊廉恥甚至生命那種，墮入其中，深感刺激安慰。」

大家苦笑。

下課時間到了。

自在問永氏：「爸怎麼有空，新女友也一起？」

「她去了看房子。」

出到門口，看見保母與永氏保鏢正在停車場友誼性質較量武術。

自在認得，嗯，一個詠春另一個洪拳，二人不相仲伯，有心切磋，最後保鏢按捺不住，右拳出擊，被保母抓到機會，雙足踢起，那詠春動作飄逸無比，力道卻不容小覷，保鏢居然一個踉蹌，連忙站穩，抱拳說：「承讓承讓。」

永氏把自在接到一間事務所，殷律師也在，永氏有話說，攤開若干文件，囑女兒：「這裏、這裏，簽下名字。」

「你教我們切記看合約上小字，今日連大字都不讓我讀，怎麼一回事。」

「把你應得資產清清楚楚寫給你，記住，將來康莊與柔美如果開口借貸，請說不，一旦開頭，永無了結，你不必應酬。」

「他們一定也有一份。」

「他們花費速度與常人不一樣，而且他們有不少豬朋狗友。」

兩名律師簽名作證。

「我要回去了，你好好過日子。」

「懂得。」

近距離看，永父已經蒼老，兩鬢斑白，頭髮也較前稀薄。自在垂頭，她已廿一歲，成年人，盈虧自負，無論拿到劣牌好牌都得玩到底。

「再見父親。」

臨別永氏丟下一句：「慎交男朋友。」

永自在並無問及康莊與柔美近況，想必很好。

保母說：「聽説康少爺喜歡喝，有時服藥助興，女友也多，一個學年應讀三十二個學分，他只得兩個半，被踢出校。」

自在微笑，這正是康莊，吃喝嫖賭吹。

柔美呢。

「柔美還算生活正常，當然，愛穿華服習慣改不掉。」

「永太太如何。」

「沒聽説起。」

「你都是聽什麼人説的是非。」

「有一樣東西叫互聯網，都由他們親手放到臉書。」

萬惡網為首。

這次見過父親，永自在知道她已是頗有妝奩的小姐。

她必須更加低調生活。

自在聯絡柔美，「我倆同在北美西岸，見面方便。」

「我願到姐家小住。」

「康莊近況如何。」

「做富家子比做富家女開心。」

傳來照片，只見康莊大字半裸躺床上，三個好似沒穿衣裳的洋女拿奶油罐往他身上噴，半醉的他樂不可支。

柔美說：「他幾乎天天這樣過日子，不知有什麼樂趣。」

「你不會知道。」

「他們說倫敦擁有本世紀最糜爛的夜生活。」

自在說：「我們也去倫敦。」

「看到姐心情好真高興。」

「你與康莊天天有聯絡？」

「才怪，三五天找不到他是閒事，有一次要門房開鎖進去查看，他爛醉如泥。」

「父親的公司將來託給誰？」

柔美很樂觀，「你與我姐妹倆。」

連自在都忍不住笑。

自在與柔美，有意無意聯繫，打探消息，至於她自己的事，柔美如果問，她會回答，並不隱瞞，但柔美寂寞，一開口吱吱喳，忙說自己，很少發問，柔美可愛率直。

每晚約會不同男生：「陳大文鼻孔向天不好看」、「劉小川不會喝酒」、「張鐵膽一手車真嚕囌」、「彼得孫居然開口向我借錢周轉，開口一百萬」、「陸家勝問我嫁人是否由父親承擔一切開銷」……

沒一個滿意。

自在慷慨大方把這些趣事都告訴犬。

犬心中驚異，「你什麼都不瞞我，為什麼，毫無顧忌，彷彿真的把過去洗乾淨。」

「孫子說：朋友要近，但是，敵人要更近。」

「將來，是要殺我滅口的吧。」

「不殺你，否則，連説話的人都沒有。」

這種危險的親昵，叫犬不能不想見她。

「況且，」自在説下去：「你欠我，我還沒想到要你拿什麼償還。」

說罷她輕輕伏到他背上。

犬動也不敢動，只怕她離開。

他沒膽子把重逢永自在的事告訴弟與妹。

那時，取到永家財物，即約二人見面。

「得手了，現款分三份，珠寶已放銀行保險箱，一年後找泰國人估價。」

弟說：「你一人出馬，神通廣大。」

妹急急數鈔票，用橡筋一紮紮束好，平分放三隻旅行袋，仍然重疊疊，像三隻大書包。

「速分道揚鑣。」

「往何處？」

犬說：「你們兩個，往英國，買公寓住下，錢別亂花。」

「行，你呢。」

「我到加國。」

「海關嚴密，聽説蒼蠅都飛不進。」

「我給你銀行名號及經理姓名，需付十分一佣金。」

「明白。」

「那我們一年後再聯絡。」

「犬，把你得手經驗説一下。」

「你們知來無用，我們小組宣告解散，洗手不幹。」

「這筆款子不算很大。」

犬這樣説：「知足常樂，這可是人家一隻足趾換回來的財物。」

「犬還記得。」

他們三人，自此暫停聯絡。

犬與妹的關係，日漸生疏。

與永自在重逢，純屬命運冥冥安排。

冥冥暗地裏，不知不覺，措手不及。

苦出身的他至今才知道什麼叫最苦。

他僅有甜絲絲感覺卻來自這苦澀。

每次見永自在都像被扔進不知名洞穴，神秘驚惶，不知會發生什麼，每次安然回家，卻又失望什麼都沒發生。

一日下午，犬到永宅按鈴，兩天電話不通，他坐立不安，冒昧上門。

保母啟門，看到年輕人淋得似落湯雞，手裏不忘握一束零落的花，不禁說：「自在有點不舒服，你請進來喝杯茶。」

犬點點頭，脫下濕漉漉外套。

這時自在蓬頭，面孔紅紅，自寢室出來，摟着一條電毯，電線與插頭跟着走，十分好笑。

她很高興的說：「犬，你來看我。」

犬握住她手，吃一驚，燙得似融蠟。

那次把她丟在醫院門口，她也發燒，但沒這麼滾熱。

他心急，「醫生怎麼說。」

保母都看在眼內。

自在笑嘻嘻，「給他黑咖啡與甜圈餅。」

犬這才知道自在沒事。

「幾天沒上課？」

「功課都寫妥傳了過去。」

還掛住功課，若不是那次遭到綁架，迄今永自在還是純真女學生。

「自在——」他又想道歉。

香濃黑咖啡與甜圈餅送上，自在與他一起吃。

「我想去那著名裸泳灘散步。」

「風大。」

誰知保母說：「我載你們，穿暖些，吸一下新鮮空氣也好。」

自在包厚厚出門，犬握住她手，放進口袋。

車子駛到沙灘附近，保母笑說：「我沒興趣，在這裏等你倆。」

真沒想到冷風寒雨，還有裸泳客。

許多人一聽裸泳便嘩一聲，但普通人脫光衣服還是普通人，太胖太瘦肌肉下墜之類缺點一下子湧入眼簾，十分突兀。

只有狗還是狗，撲來撲去追逐十分可愛。

空氣真正好，肺細胞即時覺得享受，使精神一振。

這時，自在覺得是時候了。

她輕輕說：「犬，我有一事相求。」

犬一怔，是要叫他自首？

倘若是，她也得賠上。

「你一定要答應我。」

犬聽見自己答：「無論何種要求，我一定做到。」

她又笑，「那就好。」

聽到保母叫：「自——在——」

「我改天才告訴你是何種計劃。」

她拉着犬跑回車子。

保母說：「自在，你妹妹來了。」

自在歡喜，對犬說：「我介紹妹妹給你認識。」

回到小公寓，看到柔美抱怨冷得眼淚鼻涕。

像，是像，只是比自在嬌嗔。

她見到犬，眼前一亮，「姐，是你男朋友？」

自在但笑不語。

柔美讓保母把姐姐大衣全部取出，逐一試穿，「都差不多顏色幾乎一個式樣，唉。」

「加州要大衣何用？」

「但我要往阿斯本滑雪。」

「有與康莊聯絡否？」

「告訴他母親在老家不開心，他至今未覆。」

「他愛莫能助。」

「老媽說她自從失去永太太這個位置，大家都不大理睬她了。」

「大家是什麼人？」

「社會賢達，名媛閨秀。」

「為何勢利，她又不欠錢財。」

「一張圓桌只得十個座位，淘汰一個，新貴才好上位。」

「柔美，你便是新貴。」

「我沒興趣。」

聽她們姐妹說話，半天很快過去。

這時自在脫去鞋襪，妹妹細看她失去足趾部位。

她問犬，「你不會嫌我姐姐吧？」

自在連忙說：「犬不知那件事。」

「犬，你叫犬？多奇怪的名字，你姓什麼？」

這時保母出來問：「喜歡哪幾件，我替你包起。」

永自在迄今不知犬姓什麼。

不重要。

她送犬出門，「明天早上我到你公寓，有事商量。」

傍晚醫生到診，替她注射，「沒事，過兩天就好。」

柔美這樣說：「自在不生病也可憐，一發燒更叫人愛惜。」

自在心裏說：你們都不認識我。

夜半驚醒，想到柔美就在鄰房，有點欷歔。

一早她帶病往犬的住所。

保母說：「我在門外等你。」

「不用了，保母，我已足廿一歲，你請回轉。」

「稍後如何回家？」

「我召街車。」

「不安全呢。」

「不能夠每一分鐘每一秒盯着，再說，地質專家警告，西岸遲早來一次大地震，說不定就是下一刻。」

保母笑說：「我在門口等，你自己小心。」

都八點多，他惺忪開門，見是自在，握住她手拉入，關上門。

整間公寓只比一張床那樣大一點。

「你可以住好些。」

「習慣了。」

他穿着內衣褲燒水做咖啡，忽然想起不雅，套上還算乾淨的牛仔褲。

自在把華人超市買來燙牛腩酥放桌子，犬一見，「嘩，自在，我愛你。」

剛睡醒頭髮毛毛的他好不性感，胸口汗毛濃密，連接下巴鬍髭。

自在伸出手，輕輕摩挲。

他把她手放唇邊。

「犬，替我做一件事。」

「請說。」

「要回到年多前那件案子。」

犬的臉忽然陰沉，用冷水敷臉，大口吃早餐，「你說。」

「其實，你們並沒有綁錯人，主使人要綁的，正是永自在，你要知道，柔美是中學生，與我根本不在一起上學。」

犬小心聆聽，仍然大口喝咖啡。

「主使人為着報復永氏另覓新歡，拖拉着不願付出她要的贍養費，故下此策，要叫永氏受罪，並且，故意延遲報案，令我失去一趾。」

犬抬起頭，「我們也如此猜想。」

「這叫借刀殺人。」

「本不至如此，但始料未及，郝大腦會突然被捕，否則，他一定有補救計劃。」

「是我運氣不濟。」

犬的頸後寒毛豎起，永自在置身度外，緩緩談論此事，絲毫沒有責怪他的意思，叫他更加內疚惶恐，老實說，他害怕。

自在靠近些，「所有工作均有酬勞。」

犬輕輕抱住自在，「你不要誤會，我不是那樣的人。」

黃河的水也洗不清，犬在此時已不知道他是什麼樣的人。

他說：「告訴我，你想怎麼樣。」

「首先，我要見一見妹與弟。」

「為什麼。」

「犬，他倆不需要你保護，如我猜得不錯，他們的錢也該花得七七八八，我們到英國走一趟。」

「自在——」

「噓。」

她火燙的手放到他腮旁，一聲不響，但是雙目柔情意願畢露。

保母輕輕敲門，「今日陽光好，不如散步。」

兩個年輕人都笑出聲。

保母對犬有警惕心，年輕男子身上有氣息不稀奇，但這個犬散發一種特殊麝氣，她覺得危險。

犬穿上外套與自在散步。

他說：「你有方法可以擺脱保母吧。」

「她是好幫手。」

走到兒童遊樂場，犬說：「我不認為是好主意。」

「我並未徵詢你的意見，我們一行四人一起往倫敦，我介紹永康莊給你認識。」

「為什麼四個人。」

「保母與柔美也一起，人多熱鬧。」

「自在，我不知你實際計劃是什麼，但直覺告訴我，那是一件危險的事。」

「咦，不是説好，為着我，水，水裏去嗎。」

他垂頭，「是，火，火裏去。」

自在微笑。

「你控制了我的心身。」

「不，」自在答：「你的良知內疚叫你無法拒絕我。」

犬嘆氣，「隨便你怎麼説。」

「那我訂飛機票了。」

保母吃驚，急向永氏報告，連忙查倫敦地圖及練習右軚車。

永氏答：「他們姐弟願意見面是好事，有你跟着我放心，盯緊些，我另外派助手給你。」

四人抵倫敦，接人的司機正是見過的洪拳師傅。

他也額外留意犬這個人。

自在吩咐：「一人一間酒店房間，柔美説康莊的公寓有強烈草味，她不願入住。」

柔美哼一聲，「好好梅菲爾四房鎮屋弄得污煙瘴氣，鄰居不知抗議多少次。」

在酒店安頓妥當，自在把着犬的臂彎，「你盡快約弟妹見面。」

她又揚聲：「柔美，我們去突擊康莊，哈哈哈。」

保母見自在那麼高興，一起跟着。

到了門口，柔美大力敲門按鈴，「警察，開門，是警察！」

保母啼笑皆非，姐妹倆笑得彎腰，犬在一邊冷眼旁觀。

半晌，有人驚惶開門，見是姐妹，一怔，立刻揪住柔美頭髮：「你這小鬼，我剝你的皮。」

犬暗地羨慕，到底三姐弟不愁衣食，感情欠佳也玩得起來。

「慢着，」永康莊朝屋裏喊：「今天散場，快快穿上衣服離去。」

剎那間只見不同膚色好幾個鶯燕笑着自屋裏奔出，這永康莊生活荒唐。

柔美詛咒他：「兄弟，不到三十你會爆血管死亡。」

「各位請進喝杯茶。」

犬靜靜坐一旁觀察。

保母幫忙收拾地方兼做茶點。

永康莊立刻說：「自在，我知道父已把你那份給了你。」

柔美答：「誰叫你沒滿廿一歲。」

「自在，下星期我與朋友拉力賽駕車直上蘇格蘭，你可要加入。」

「你宿酒未醒，危險。」

永康莊笑嘻嘻，「多謝指教。」

自在走上臥室。

房間很大，有一長窗，看往後巷，對面，是一間學校，窗戶有防盜設備，但這些，都由室主控制，康莊疏忽，並未上鎖。

犬輕輕問自在：「目標是永康莊？」

自在搖頭。

「那麼，是永柔美。」

「也不是。」

犬十分詫異，忐忑不安。

「請把你計劃告訴我。」

「見到弟與妹再說。」

「自在，我極力反對你這念頭。」

這時柔美走進，「最討厭情侶日對夜對還說不夠，在外與親友一起也卿卿我我，把我們隔在另一世界。」

自在連忙摟住柔美。

柔美受寵若驚，在家，這姐姐絕不與她親熱。

「這倫敦天氣一直這樣。」

永康莊答：「十八世紀啟動工業維新迄今煤煙未散，一年九個月在攝氏零度徘徊，不易居。」

「已經進步了。」

「天氣不變，人情不變，多幾幢大廈，於事無補。」

永康莊一邊說話一邊捲煙。

他手勢不熟，犬接過，一下子捲兩枚，永康莊遇同道中人，大樂。

坐一會，姐妹告辭。

永康莊叫：「別丟下我，往哪兒帶我一起，我寂寞至死。」

「我們往大英博物館。」

「啐。」永康莊倒床上。

柔美說：「晚上八時，麗都見面吃龍蝦。」

犬本來相當鄙視這種紈袴子弟，但近距離接觸，發覺他們也有優點，氣度自然不計較，無機心，有福同享，特別大方，不是平常人做得到。

回到酒店，保母說：「晚上服裝已送來。」

犬這樣說：「我不去了。」

自在突發嬌嗔，「叫你去你就去。」

柔美趨興，在旁學姐姐，嗲膩之極，「叫你殺身你便成仁。」

大家都笑。

犬張紅雙耳，柔美過去揉他鬍髭，被自在一手打開，擠到犬身邊坐。

柔美不知不覺做了幫兇，而犬，四肢有點麻痹，太不爭氣，悲哀投降。

一進麗都，自在即說：「姐姐請客。」

姐妹倆穿同樣深藍塔芙綢蓬裙，光是抹一些紫色唇彩，已經夠好看。

起碼有兩桌熟人打招呼，都年輕，都不愁衣食，換言之，與犬是兩個世界的人。

犬與康莊穿上西服十分英偉。

有一句話，叫繡花枕頭爛草包，兩人都表裏不一。

自在露出大姐的樣子，「領班，你替那兩桌開四枝克魯格玫瑰香檳。」

康莊說：「這桌也要。」

他們只點頭盆當主菜，犬抗議：「我才不夠」，外加一份羊架子。

那一夜，他與自在都忘記過去。

康莊說：「香檳的優點是無論伴全世界什麼菜式包括咖喱與揚州炒飯都行。」

酒後他們跳舞，那兩桌朋友過來伴舞，柔美高興之至。

自在沒想到犬會跳舞，輕輕依偎，無比溫柔。

「十二歲時鄰居太太教會。」

「那是一個寂寞的美人吧。」

「四十餘歲，海員丈夫從不回家，下午日落，她特別寂寥，付零錢希望我陪她跳交際舞，開着小小錄音機，教我一步步走。她不愛做家務，一屋灰塵在屋裏陽光下飄揚，不知恁地，十分好看。」

「夠浪漫的，後來呢。」

「一天放學，她已搬走，人去樓空。」

自在動容，「啊。」

「接着外婆辭世，我的好日子也告結束。」

「她叫什麼名字。」

「他們叫她蘭香。」

「累了，我們先走。」

自在對康莊說：「別太晚。」

「是，是。」無比敷衍。

保母把車駛近，緩緩跟在他倆身後。

犬勸說：「如此生活何等舒愜，不要破壞。」

「我不是柔美，我不感到滿足。」

「那你大可創業大幹一番，不要想其他的事。」

「你指報復。」

「是，放下自在。」

「說是容易，但我已動真氣。」

保母輕輕喚人：「自在，風大。」

自在問犬：「約了人沒有。」

「明日見面，在妹家或酒店。」

「不在室內，免錄音攝影，到公園兒童遊樂場，下午三時。」

第二天上午，車子還沒停下，保母已經不安。

「這些人是誰。」

離遠看去，犬身邊多了一男一女兩個年輕人，衣着普通，但身體語言表現出不是憨厚學生。

他們到了。

自在下車。

「自在——」

「不怕，都是舊友，大庭廣眾，打個招呼。」

她緩緩走近。

一群小小孩子在附近玩耍，喧嘩快樂。

自在輕輕說：「他們不知道前面的路多難走。」

在妹與弟面前站住。

沒想到妹這樣漂亮，三圍顯突，人瘦，但大胸，纖腰，豐臀。

「啊，」自在稱讚：「像東洋漫格畫中美女。」

那妹笑了，調和尖銳目光，「你也不賴，活脱文藝電影女主角。」她聲音沙沙，初聽突兀，習慣之後只覺特別。

弟站一邊不出聲，這個狠匪更令自在訝異，他才十七八歲，一臉稚氣，正學大人長鬚，但兩年前，他已歹毒動手切除人質部份肢體。

自在戰慄。

現在上車逃走還來得及，這三個人，全部是狠毒兇犯，犬祖先是狼，獸性不知幾時露出。

但自在踏前一步，「請坐。」

三人等她開口。

她細聲細氣不動聲色緩緩說出計劃：「這次，我想請你們再進行一宗綁架。」

妹一怔，看着犬，「這件事情你一早知道。」

犬點頭。

妹冷笑，「看樣子，我這前男友，已對永小姐你言聽計從。」

犬尷尬，垂頭不出聲。

妹說下去：「對不起，我與弟不會再度冒險犯事。」

自在仍然低聲說：「你們的錢夠用？聽說，妹你留戀賭場。」

妹噤聲，這正是她死穴。

「這次，合作成功，可分得的利潤，足夠你做小生意從此上岸。」

妹失笑，「自苦海上岸？」低沉沙聲，悲哀性感。

「一般說法是這樣。」

「你與我記得的膿包永自在有很大距離，說，對象是誰？」

弟說：「目標猜想是永康莊，唯一男丁，好叫他父母心驚。」

犬答：「不是他。」

「那麼，是富商永氏。」

妹哈哈大笑，「綁了永氏，誰付贖金？大家等分遺產。」她很聰明。

「且聽我說。」

妹忽然這樣說：「永小姐，你搶去我男友，當心啊，他不好相與，想必你已知道，他有點虐待狂——」

「妹！」犬喝止她。

「犬你毋須偏護她，她比你厲害百倍。」

弟不耐煩，「別沾酸喝醋，把計劃說一說。」

這時風勁，自在又低聲，三人要側耳聆聽。

自在慢慢說出計劃。

「妹，你做內應，迷糊永康莊，必要時給他一顆藥，就在他家，把他紮床上，拍照，傳給我，你便可離去，消失，這事，你會做吧。」

弟詫異，「不是說，目標不是永康莊嗎。」

「的確不是他。」

三人面面相覷。

自在微笑，「只要這張照片，記住，像上次一樣，把當日報紙放他身邊，還有，帶一枝人造血漿，灑到他下部，在他腰上，放一把利刀。」

妹忽然笑，「贖款是多少。」

自在說出一個數目，「可好？」

「這世代，各行各業都億億連聲，不夠。」

「太多，怕你們擯不動，只有現款交易最妥。」

「就這麼一張照片，傳給你？」

自在說：「事先有些工夫，你知道怎麼做。」

「我要多一份。」

自在說：「不行，犬與弟也很吃力，平分。」

「你，你得到什麼？」

「你別管我。」

「永自在，真沒想到你是賊頭，多能幹。」

弟說：「光是綁住這人，他又在自己家，一下子穿綳。」

「他醉酒三兩天失去聯絡是閒事。」

「為什麼不把他綁走，我知某舊工廠區有空置貨櫃，人跡不至。」

「因為目標不是他。」

「我不明白。」

「你倆不必明白，妹，你先發功。」

「咄！」

「永康莊喜留連夜之場所，看到美女，即失卻神智。」

妹笑，「人家的神智我不清楚，犬，你已昏迷。」

犬不去理睬她。

「迷暈，拍照，容易，請先付些車馬費。」

自在有備而來，刷一聲拉開背囊，把一隻厚厚信封遞給妹。

「你可以先走。」

「我去準備，一路向犬報告進度。」

「電話——」

「我懂得怎麼做，事後工具全部丟進大海。」

自在微笑，「犬，現在你知道我為何要徵用弟與妹了吧。」

弟問：「我負責什麼？」

自在說：「你，犬，與我，一起回老家。」

犬猶疑，「好不容易走出。」

自在輕輕答：「叫你去，你就去。」

犬無奈，抬不起頭。

自在輕輕說：「風真大，晚上來吃飯。」

犬本是那種膽生毛、無所顧忌的人，但該剎那，他覺得永自在可怕。

「我要部署，不吃飯了。」

弟少不更事，學着自在：「叫你來你就來。」

自在拍拍弟肩膀。

三人互相提防顧忌，卻又走一起合作謀事，多像都會中商業關係。

自在回到公寓，累極盹着。

做夢聽見有人不停嚎哭，猙獰一如豺狼哭泣，忽然發覺那正是自己，掩住嘴，但可怕聲響仍然自指縫傳出老遠。

保母前來拍打，「自在，做噩夢，醒醒，醒醒。」

她睜開眼睛，愣一回，對保母說：「我們回家。」

「好，我陪你。」

緊緊把自在摟住，日子久了，感情漸長。

她當然不知道，犬只隔一日，也在另一架飛機上回同一地點。

這時，柔美已返加州，這幸運女孩，仍繼續富裕快活學生生活，躲過該次災劫。

離開兩年，保母頻頻說變化太大。

自在覺得人情沒變，氣候也相同。

保母無私，只知會大老闆：「永先生，自在回來了。」

「陪着她。」

「我想抽時間探訪親友。」

「別去太久，我派可靠人手代你。」

一看來人是洪拳師傅，保母放心。

兩人開始有話說。

「永先生在巴黎。」

「這種天氣，恁好興致。」

「那位小姐沒去過。」

「小姐脾氣怎樣，請關照一下。」

「性格溫婉，弱不禁風，你也看到，永先生不喜她與外人接觸。」

「這樣全不與環境調和，活在安全氣泡裏——」

「暫時只能如此。」

洪師傅問：「滿廿一歲了，該年齡你在做什麼。」

保母答：「在澳洲半工讀護理，怕洋人塊頭大，故學詠春，你呢。」

「我，在內地武術學校畢業，需照顧一家三代五口，故出任護衛員工作。」

都不是大小姐大少爺。

保母忽然說：「自在有一個男性朋友。」

「我也見過，那人是什麼來頭？」

「她說是同學。」

「不像，模樣甚飆。」

「飆，什麼意思？」

「讀『標』，犬奔之態，是一股暴風或旋風。」

另一邊，永康莊駕着他巴哈馬黃色三岔戟標誌跑車往酒吧留連，漫無目的，消磨時間，順手替熟人付賬，發揮友誼，卻不料看到一個生面標致女。

身段奇佳，穿一件橡筋衣，獨自坐櫃枱喝莫希多，漆黑長髮在燈下閃閃生光。

他走近，她看也不看他。

康莊知道艷女欲擒故縱，否則，獨自坐酒吧為何？

剛想開口，另有男人走近她，兩人原來相識，她隨他走出。

永康莊徒呼荷荷。

躕躂完畢，他走出酒吧，看到那女子一人站大門側吸煙。

保鏢對她說：「小姐，勿在此遊蕩，要不進去，要不我替你叫車。」

康莊忍不住救美，「她在等我。」

挽起女郎手臂，向跑車走去。

女郎開口說：「謝謝。」

康莊一怔，這麼女性化的女子聲音低沉沙啞似男子，俗稱豆沙喉，奇異對比，非常吸引，只想多聽幾聲。

康莊笑問：「你是真女子吧。」

女郎也笑，「想看？」

康莊就是喜歡這種挑戰。

「上車，不會叫你失望。」

她看看車子，看看人，「我也不會叫你失望。」

可以稱這為艷遇，每晚，每間酒館，都有這種孤苦寂寞的事發生，摟着溫暖但陌生的身軀，又捱過一夜，去日苦多。

把女郎請入住宅，算是特別好感。

那女子沉默，不多話，自手袋裏取出繩索，把永康莊縛在一張椅子上，他笑問：「你想做什麼」，她順手取過皮帶，重重抽他一下，他雪雪呼痛，極樂，再也不加抗議。

第二天，他醒轉，發覺雙臂紮在床柱，掙扎爬起，四肢酸軟，女郎已經不在。

他怔一回，查看錢包以及屋裏值錢之物，一樣不缺，現鈔、信用卡、車匙、手錶，全部都在原來位置。

真難得，女郎要的是人。

永康莊回味無窮，決定晚上再去找她。

該晚，他到同一酒館尋人，同保鏢說：「有否再見那個——」說到一半自己先笑，酒吧街林立酒吧，到處是類此女郎，叫保鏢如何認人。

於是他耐心一間一間找。

那晚沒見到她。

第三晚，再去，皇天不負有心人，終於在一間叫Quoi的新開酒館看到倩影。

永康莊大喜過望，簡直有戀愛感覺，走近，輕輕說：「你叫什麼名字。」

她也意外：「噫，你怎麼也在這裏。」

「還等什麼。」

他伸手撫摸她頭髮，「時間剛剛好，」她說：「走吧。」

該晚，他知道程序，非常合作，任由女郎把手與腳都綁緊。

他說的最後一句話是「有點緊」。

他頓時捱一記耳光，打得十分重，鼻孔流血，「喂」，剎那完全失去知覺，任由擺佈。

女郎上次已經搜遍屋子尋查攝錄器，這次更加仔細，帶着儀器聽電波。

女郎熟能生巧，佈置現場：白布遮住背景，取出道具，一一小心放好。

然後，她用電話聯絡另一方，「這張照片行嗎？」

對方一看，只見永康莊腹下血肉模糊，吃驚，「你不是真把他的——切下吧。」

「是免治牛肉。」

「行，你可以離去。」

「就這樣？」

「就算懷疑到你，你不過是他一夜伴，服過藥，他不會記得今晚的事，立刻清除一切。」

妹把所有帶來東西全部拎走，替永康莊鬆綁，幫他清潔，這人，三十六小時之內不會醒覺，自始至終，他沒離開過自家公寓，不，他不是綁架對象。

妹說一句：「永不再見。」

她把用品工具連電話全部消滅，收拾簡單衣物，出門到飛機場。

在大門口聽見兩個小孩雀躍，告訴途人：「我們往奧蘭度明日世界遊樂場。」

妹想，也好，就去該處享受陽光笑聲。

接着的工作，由犬與弟負責。

就在飛機場，妹得悉巴黎受七處連環恐怖侵襲新聞：一百二十九人死亡，三百多人受傷，其中一百名危殆，全城戒嚴封鎖，環球震驚，稱為二次大戰以來最緊張時刻。

話要說到三十六小時之前。

清晨，前永太太正板着面孔吃燕窩粥，她那萬能電話響起，她正盤算：如果是王某來催，假裝宿醉未醒，誰會在十二點之前巴巴到鄉下吃盆菜，那些淘伴，她不稀罕，不過，下午得找到宋小姐，表露心意，想加入她們飯局……

她開啟電話，目光接觸訊息，忽然尖叫，手電飛脫，兩個女傭奔出把她按住。

她呆坐豪華大客堂，全身簌簌地抖，叫助手找永氏，那是一個黑色星期五，助手對她說：「永先生在巴黎，公司也正聯絡他，永太你可是為着恐襲事件，全城封鎖，電話一時聯絡不上，公司着急萬分，知會當地使領館——」

叫天不應，叫地不靈，她叫喊：「設法找永康莊。」

「電話靜寂，無人接聽。」

這中年女子忽然坐直。

那只得靠自己了。

她無比悲憤，握緊拳頭，兩腮多餘脂肪顫動。

「陪我往銀行。」

她是老存戶，銀行經理親身招呼，該位太太，慣常提取存入大量現鈔，對上一次，償還賭債，鈔票裝滿一行李篋。

這次也是，數目不足，打開保險箱再拿。

兩隻大背囊，一隻體育用品長袋，才裝得下。

銀行經理鄭重說：「永太太，你一路小心。」

助手與司機一起幫手提出放車廂內。

她忽然冷靜問：「什麼時候。」

「中午十二時正。」

她再讀一次指示：「下午兩時獨自叫街車往八鄉八路廢車廠內見，切勿報警。」

「往八鄉八路需要多久。」

「約個多小時。」

「替我叫計程車。」

「太太，往該處何事。」

「速叫車！」

司機替她叫一部相熟出租公司街車。

她連行李坐進車內，緊握雙手，指節發白，對家裏司機說：「不可張揚此事。」

司機吃驚，聯絡公司。

永先生秘書答：「永太太有她的人，我們忙着找永先生，頭都黑了，今日實在不是時間，我不能與你多講，司機阿叔，必要時報警吧。」

各事其主。

車子駛到路口，「太太，進不去了。」

「讓我下車，你回去。」

「這位太太，此處交通不便，你一會怎麼回市區。」

她揮手趕走車子。

揹着沉重背囊一步步朝廢車場走入。

小徑邊堆滿各種昔日光鮮新款座駕，當年也曾為主人家帶來虛榮光彩，今日東歪西倒，殘缺不齊，渾身生銹。

百餘步之後，她實在走不動，坐在袋上喘息。

就在這時，有人揚起黑布頭罩，將她頭顱蒙住，她大聲喊叫，穿着黑衣褲的人忽然自手中甩出一件東西，飛擲過去，卜一聲丟中前永太臉中央，她應聲而倒。

另一黑衣蒙臉人拉住阻擋，搶過暗器，發覺只是一隻襪子套着一塊肥皂。

犬低聲說：「不可，已經得手，我們散開。」

自在卻輕輕說：「還有。」

「你說什麼？」

這時，一邊駛出一輛機車，弟安置好贖款，一聲不響，飛逝而去。

留下犬與永自在爭執。

「你想怎樣，不可殺人。」

「沒要殺她。」

自在大力把人質推進一輛破貨櫃車，用繩索綁起。

「切勿節外生枝。」

「你要走可以先走。」

自在搜前永太手袋，把她電話翻出，放進自己口袋。

然後，她取出一把利剪。

犬做「不可」手勢。

説時遲那時快，自在已經下手。

她扯脱鞋子，一刀剪下足趾，鮮血四濺，那女子在地上打滾嚎叫。

自在做出「現在可以走了」姿勢。

犬呆住，過片刻他知道情況凶險，「我去取車。」

犬自彎角駛出另一架機車，與自在脱下黑衣，一男一女，像郊遊回程，迅速離開廢車場。

駛到山頂，兩人都叫勁風吹至冰冷。

犬說不出話。

永自在一早計劃定當，沒向他透露整個流程。

最後一個步驟叫他心驚肉跳。

看自在，她面孔冷冷，一點表情也無，小臉像瓷像。

犬終於問：「有必要嗎？」

她輕輕答：「有。」

「你比她更似禽獸。」

「彼此彼此。」

「你不應降到她那下作級數。」

自在奇怪的看着他，「犬，當年是你把我禁錮兩日兩夜，害得我體無完膚，你知道她如何欺侮無辜孤女。」

犬找不到話說。

「我們在這裏道別。」

「説好不是綁架任何人。」

自在聲線更冷更低，「我們有綁架任何人嗎？」

「可是永康莊——」

「永少爺好端端在倫敦家裏睡覺。」

「贖金——」

「那是他母親心中有鬼，自動奉獻。」

「可是她被綑綁在廢車廂裏。」

「沒有人要求他家人付贖金，她不是肉參。」

「自在，」犬目定口呆，「你太厲害。」

「以彼之道，還諸彼身。」

自在用電話叫洪師傅接她。

洪師傅趕到，汗流浹背，「永小姐你去了何處，嚇煞我。」

他只來得及看到一輛機車飛馳而去。

自在吩咐：「送我到飛機場。」

「永小姐，保母——」

「保母在那裏等我，你可放心。啊還有，聯絡到永先生沒有？」

「原來永先生不在巴黎，他在寶多品酒，電話關上，沒聽，一場虛驚。」

「永康莊呢。」

「康莊爛醉如泥，又一次請門房入室，送往醫院急救，他也無恙。」

自在微笑，「那多好。」

洪師傅訝異，「永小姐，你説什麼。」

「趕快，我回加國溫埠。」

保母在飛機場等她。

不知為什麼，這次看到制服人員，自在低頭疾走。

在飛機艙坐好，服務員問她喝什麼，她答啤酒。

飛機起飛，保母充滿疑惑，有幾個問題。

自在筋疲力盡側頭盹着，一覺睡到抵埗。

保母心想，如果自在是她的女兒，她會怎麼辦，答案是幸虧沒有子女，不必勞心勞力。

這一代不一樣了，社會與教育都鼓勵他們放膽思考，結果，什麼能力也無，單講自由自主，家境普通的子女也一般嬌縱。

永康莊迷惘在醫院病房醒轉，頭痛欲裂，什麼都不記得，要求自己簽字離去。

回到公寓，門房迎出，「永先生，你無恙真好，你家人找你，請回電。」

永康莊找不到自己電話，只得借用。

聽到他父親聲音，「康莊！」嗚咽說不出話。

糟糕，從未聽過父親示弱，一定發生嚴重事故，切莫止付零用才好。

「我已派洪師傅接你回家。」

「我沒事——」

「回來再說。」

說時遲那時快，洪師傅已經趕到，咚咚聲敲門，永家小姐少爺叫他疲於奔命，幸好身邊還有永氏女助手。

兩人七嘴八舌問話。

永康莊相當合作，一一回答：「我只記得往酒吧喝上一杯」，「哪一間」，「叫Quoi，法語what的意思」，「之後呢」，「醉了回公寓」，「一個人還是有伴」，「好像有女伴」，「什麼人」，「不記得」，「她逗留多久」，「不記得」，「公寓裏可不見什麼」，「只是一具電話」。

女助手如實報告。「永先生請問可要報警？」

永康莊抗議：「喝醉酒也要報警？」

助手答：「康莊你分明被餵迷暈藥。」

「下次小心也就是了，你別以為倫敦警方很空閒。」

永氏在那邊答：「快回家再說。」

「明白。」

洪師傅不客氣，「康莊，鎖上門，快走。」

年輕人被押走。

車子駛經酒吧區忽然堵車。

洪師傅向交通台打聽：「什麼事。」

「有人醉酒鬧事，在一間叫Quoi的酒館門口開槍，一死一傷，警方封鎖現場搜證。」

女助手與洪師傅面面相覷，連永康莊都噤聲，竟如此凶險！

洪師傅吁出一口氣。

一路永康莊只以為要回家聽教訓，沒想到永氏親自到飛機場接他，叫車子直接往醫院。

康莊問：「誰在醫院。」

「你母親。」

康莊吃驚，怪不得押他回家。

到達病房，只見臉青唇白的柔美正呆坐一邊。

康莊過去握住妹手，「母親什麼病？」

柔美說不出話。

走進病房，只見前永太身上搭滿管子，氣若游絲，昏睡床上。

康莊走近，啊，母親面孔竟如此陌生，她被打歪的鼻子與尖削下巴都似單獨凸出站立，臉頰下塌，眼角額頭全是針縫，洗卻化粧，她老了十年不止。

助手說：「她驚惶不安，一直叫着康莊，醫生替她注射才睡着。」

「我不過喝醉酒。」

永先生答：「不止如此簡單，有人令她相信，你被綁架，她被誘至荒郊替你交贖款，反而被擄綑綁，並且截去腳趾，險些送命。」

「什麼！」

「幸虧接載她的司機起疑，知會警方，找到她昏迷之處，送往急救。」

這時，柔美質問：「父親，你在何處，為何苦苦聯絡你不到。」

「我不是在這裏？她應當第一時間報警。」

「但她以為康莊在歹徒手裏。」

看護板着臉斥責：「各位，現在不是爭吵時刻。」

永家各人靜下。

永氏走出病房，看到他熟悉的警方總督察丘山。

丘山精神奕奕，上前招呼：「永先生你好。」

永氏沒好氣，「又是問話，對不起，我心情欠佳，而且，這件事，與我完全無關，我不在本市，我一無所知，我拒絕答問，受傷的女士已與我離異，毫無相干。」

丘督察微笑，「待永先生方便之際——」

「我很忙，失陪。」

他走了。

一邊的路督察惱怒，「她是他兩個孩子的母親，為何說毫無關係。」

「永自在可在本市？」

「你還是很牽記她。」

「這件事，你不覺得跟永自在案，十分相像。」

「似曾相識。」

「閃電怎會擊中一件物體兩次。」

「你懷疑什麼？」

「說不上來。」

「你初步問過永太太。」

「可憐的女子渾身顫抖。」

前永太有律師在旁，只是說，她心情欠佳，計劃自殺，跑到荒郊，找個地方，截斷足趾放血。

丘山說：「從未聽過更荒謬理由，明顯隱瞞許多事實。」

「她那樣說，警方無可奈何。」

「你記得否，永自在也失去一隻足趾。」

「你可向永小姐問話。」

「她遠在加國。」

路督察卻說：「我查證出入境處，永小姐回來過一次，只三天，與永太太自殺時間吻合，本月十三日至十六日。」

「又一巧合。」

「毫無證據，事主又認是自殺。」

「警方找不到永太太的電話。」

「電話雖然失蹤，但電訊有記錄，事發前永太收到一個電話，由本地不知號碼即用即棄手電打出，為時六十二秒。」

「她是聽過這通電話出發往八鄉八路嗎？」

「不知道。」

「我倆已變成『不知道督察』。」

「沒有線索，無法跟進。」

前永太出院後被送往療養院。

她精神恍惚，聽到腳步聲便捧頭尖叫，康莊探望，她拉住不放，叫他害怕，柔美更加懦弱，不敢見面。

永先生扔下煩事，與女友往巴哈馬曬太陽。

永自在聽到這些消息，一聲不響，也沒有慶功，復仇是最最痛苦一件事，並不值得高興，況且，她的工作還沒做完。

保母鬆口氣，見自在足不出戶，忍不住試探，「同學沒約你外出。」

自在答：「同學，顧名思義，只是一起學習的人，一放聖誕，各自飛走與家人同聚過節，不會想到我。」

「那位年輕人呢。」

「已經不來往。」

「啊，」保母一怔，「可是我什麼地方待慢。」

「我還沒準備與他進一步發展，你看我，整日渾渾噩噩，書讀完，無工作，如何與人組織家庭。」

「你有嫁妝，你有保母我。」

「我不想玩家家酒。」

「自在你這想法也很正確，但是那位先生一直打電話找。」

「說我病了。」

「哪有病那麼久。」

「那麼，說我死了。」

「自在。」

她走到牆角，把電話插頭拔掉。

又說：「明日我們搬家。」

她到滑雪勝地威士拉暫住，保母叫苦，找不到華人超市，看不到華文報紙，忽然倚靠電腦上訊息。

忽然，柔美找上門。

她站大窗前看雪景，「真漂亮，聖誕卡一樣。」

「諸人好嗎？」

「母親覺得療養院人多熱鬧，又有牌搭子，決定多耽一陣子。」

「康莊怎樣。」

「他被爸留在公司學習，不許亂逛。」

「想來，柔美你最自由。」

「都沒人追求我。」

「大概，現在都不流行追求術了。」

「犬沒有追上來嗎。」

「一個叫犬的人，是不是疏遠比較好呢。」

「那不過是綽號，他一定有個真名字。」

也是，真名字叫什麼？

柔美說：「爸叫你我二人回公司幫忙。」

「人才多的是，倫敦商學院、華頓經濟學院、哈佛管理科碩士……車載斗量，爭破頭找工作，要我倆做什麼。」

「信任。」

自在訕笑，「啊，對，康莊值得託付。」

「我在加州覺得煩膩，我倆一起回去看看，他們說，該市男生傾慕有妝奩小姐。」

「那些人，如果動輒向你要一百萬元周轉呢。」

柔美不出聲，有點氣餒。

雪晴，枝頭長出嫩芽，自在對柔美說：「冬眠結束。」

柔美也沒虛度嚴冬，她學會滑雪，穿着紅色雪衣，自坡頂一溜煙滑下，煞是好看。

永先生親自把兩名女兒請回家。

因為身邊還有女友，連保鏢保母一大隊人，乘私人飛機反而划算。

姐妹倆只當作看不見永先生新女友——「好像不是去年那個」，「管他呢」，「她希望我們認同」，「做夢」，「他不會不高興吧」，「他可有一次半次怕我倆不高興」，姐妹忽然同心。

私人飛機精緻新奇，九個座位，有一間寢室，兩間浴室，與一個會議室，食物一早預備妥當，由服務員加熱。

柔美覺得新鮮，四處參觀，探險一般。

永先生在房內打瞌睡。

他的女友空閒，向永自在打聽永家諸事。

「你們的名字都好聽。」

「謝謝。」

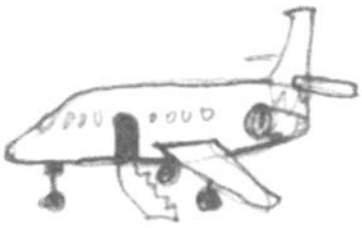

「我叫汪安琪。」

「也很動聽。」

「我與永先生來往，已有半年。」

「啊真的嗎。」

「永小姐，可否告訴我，我與永先生的關係，會有前途否。」

「我不會知道。」

「那麼，他可有在你們面前提起過我。」

「從無。」自在開始翻閱當日報紙。

那安琪無聊走開，到窗口觀景。

自在想：我連自己的前程也不知道，怎能猜測別人禍福。

抵埗，永家姐妹毋須為住所擔心，保母問：「永先生問你們姐妹是希望一起住還是分開住。」

柔美答：「毗鄰獨立兩個單位，既可照應，又有自由。」

保母又說：「永先生囑你們下週一上班，工作服已準備妥當。」

衣櫃裏只有深藍與深灰兩個顏色西服，配白襯衫，半跟鞋。

柔美大聲嘆息。

自在被派到各種會議旁聽。

永氏做零食出入口生意，一箱箱新出品搬進試食，員工填詳細表格分「喜」或「惡」，還請未來顧客嘗新，同試驗玩具一樣，分各年齡組。

吃了幾十種，自在還是喜歡陳皮梅。

柔美覺得附食物贈送的小玩具越趣致越好。

兩姐妹相當投入。

訂貨如賭博，廣告要做到百分之一百+，如受歡迎，則大贏，如不，則輸，老牌熱門貨色決不可少。

眾所周知，世上沒有健康零食這回事，隨時代演進，也必須標榜「百分百水果」、「減糖」、「純乳酪糖果」等字眼。

這一段時間，好比吃隆重大餐，五道菜之後，進一道雪芭，清清味蕾，再來五道魚肉。

雪芭空間十分重要，否則，不能清醒分析事態。

這是個跟紅頂白社會，柔美年輕漂亮，身份矜貴，忽然成為永氏商品大使，接受報章雜誌訪問、拍照宣傳，手持零食包：「工作或讀書怠倦，只有西洋參水果糖叫我精神一振。」柔美成為名媛新貴。

她比自在管用。

自在與廣告部一起設計新包裝：陳皮梅逐顆真空裝，紙包就是一隻大陳皮梅，商場超市試食……

「要不要找人扮陳皮梅？」

「嗄，啊。」

半年之後，態度溫和毫無攻擊性的姐妹融入公司，頗受歡迎，皆因裁員節約事宜與她們無關。

可是，雪芭假期總也會過去。

一日下午，陽光明媚，柔美早已不耐煩，換上花姿展她那些招牌時裝，自在仍然白襯衫深色西服。

秘書說：「永小姐，一位丘山督察找你，已核實過身份。」

自在從角落站起走到接待處，看到英姿颯颯的丘督察，微笑說：「你來了。」好似正在等他。

丘督察答：「永小姐你好。」

端詳她氣色，啊，兩年未見，秀美如昔。

丘山一向有戀白襯衫情意結，深覺男女均穿簡單布衣最為美觀。

這次重見永自在，只覺她悅目怡人。

不過她的眼神變得堅定，身體語言鎮靜。

「請到會議室說話，今次貴人踏賤地，是公是私？」

丘山說：「你好像知道我會來訪。」

「遲早問題，丘督察，案子尚未破，你一定耿耿於懷。」

「因為永小姐不肯合作。」

自在微笑，「可以說的，我都說了。」

「那些不可以說的，今日可否說一下。」

自在詫異，「這種案件，有個期限吧，過了若干年，警方不再追究。」

「綁架等如意圖謀殺，無限期查詢。」

「是嗎，那多好。」

好？丘山凝視永自在，她心中藏着什麼秘密。

「這段日子，你想起什麼沒有？」

「連先前那些，心理醫生都勸我忘記。」

「永小姐，一年前，你家又發生一件事。」

「你指我繼母自殺不遂，她如今還住在療養院。」

「你覺得她會是自殺那種人嗎？」

「我不知道，我與她不熟，人人應當愛惜生命。」

丘山無奈，永自在幾時才肯講老實話呢。

「為什麼要代他們隱瞞。」

「我並無虛言。」

丘山氣結，又白來一趟，不過永自在秀色可餐，不算白走。

「聽說你已回永氏公司幫忙。」

「不過是路人甲。」

「你終於與弟妹一起工作。」

「康莊又找到新窩，每晚孵到兩三點。」

這時，自在忽然伏案在名片上寫幾個字，交給丘山，「這是我常去吃飯的小館子，你若有興趣，可以一聚，回去想清楚，給我電話。」

丘山怔住，她，約會他？

「還要開會呢，不談案子了。」

又加一句：「你們這一重案組人員，不是單為死者伸冤的嗎，怎麼一直向生存者提問。」

白襯衫料子極薄，看得到內衣影子，翩然而去。

丘督察發呆，把名片緊緊貼心收胸前口袋。

晚上，沒約女友吃飯。

路明說：「我有話說，八時我到你家。」

「今夜我有事。」

「何事？」

女子都這樣，何人何時何事，都要知道，男友的肉身、精神、時間，都要霸佔，再大的樹，一旦被藤纏住，都會魂不附體。

「我另外有約。」

「誰？」看，來了。

「你要說什麼話，可以說了。」

「要面對面講，我們已經很久沒有清心直說。」

「半小時後，到我辦公室。」

「找一個氣氛比較好的地方。」什麼都要她說了算。

「在我家吧。」

「八時。」

丘山本想往永自在那家叫重慶的小館子，今夜恐怕不行。

他有種感覺，路明要找他攤牌。

也是時候了，拖下去快要十週年。

路明準時到，帶着兩盒他喜歡的燒鵝飯與名貴普洱茶葉。

「先吃飯，民以食為天。」

「你不是有話說？」

路明脫去外套，打開盒子吃飯，才兩口，已放下，「丘山，我們結婚吧。」

這句話，對任何女子來說，都不是容易問出口。

「丘山，我與你同齡，三十二歲，再過幾年，生理時鐘敲響，生育有問題。」

丘山不出聲。

路明自手袋中取出一隻盒子，打開，「這裏有九顆一克拉鑽石，你一年送我一顆，說是結婚之時鑲一條項鏈，現在也是時候。」

丘山後悔得不得了，他把話說滿，忘記留一條線，以後難見面。

「你不想結婚。」

丘山不敢出聲。

「你看到更好的人。」

丘山垂頭。

「不會是永家大小姐吧，聽說她回來了，而你辦公室裏的照片，始終沒除下。」

叫丘山如何回答，他忽然比追賊還要勞累。

「丘山，齊大非偶，況且，那永小姐十分古怪。」

丘山鼓起勇氣，「我只是不想結婚。」

「明白，我的話已經說完。」

他知她含淚，但不敢抬頭看她，冰凍三尺，非一日之寒。

路明自己開門離去。

走到門口，只覺頭暈眼花，她沒聲價叫苦，栽培十年的感情如此死去，今年的鑽石尚未收到，她哪裏還有另外一個十年，掙扎進升降機，雙腿發軟。

丘山發覺路明沒把鑽石帶走。

全部E colour，VVS1，一卡拉也不便宜，一年比一年貴，記得自己說：「中間那顆到結婚十週年才買，三卡拉。」

都是他親口說的話，無恥，信口開河，騙人。

他用手托着頭，面紅耳赤，捱整個晚上。

第二早，在警署碰到前女友，只微微點頭。

這年歲的女人也不容易，她也裝作什麼事也沒有，冰冷招呼，各走各路。

丘山向上司請假，「有些私事。」

上司眉開眼笑，「可是結婚。」

丘山坦白，希望從寬，「我與路明，已經告吹。」

上司瞪眼，不知是羨慕還是婉惜，「啊。」

他只拿到一星期假，要好好派用場。

只為着另外一個女子放棄路明嗎，不百分百，漸漸他發覺路明欠缺柔媚一面，有時，看到別人的女友發嬌嗔作勢要打的可愛樣子，心生羨慕，人心不足，他並沒有原宥自己，但一想起永自在雪白小臉，全身舒坦，負罪也值得。

他把下巴枕在雙臂，用電話問永自在，「今晚，你會去小飯店否？」

「我天天都在那裏吃飯。」

「今晚見。」

又有初次約會的忐忑感。

不過有把聲音在耳邊說：「你辜負一個女子的十年。」

他聽到自己回答：那也是我的十年，都蹉跎了。

他抵小飯館之際發覺永自在獨自坐着吃擔擔麵，司機與車子街外等候。

他走到她對面坐下。

自在微笑，「來了。」像揶揄他自投羅網。

他不出聲，看到她吃兩箸停下，索性把剩下的麵取到手中，忽忽扒兩口，滋味特別好。

他想開口，自在比他先說：「這裏葱油餅也好，還有炒年糕，當然，都比較油膩，所以美味。」

「你是食家。」

「我都不懂，只貪這裏清靜。」

「見你恢復精神，我很高興。」

「大家都那麼講。」

丘山另叫一客芙蓉蛋及春卷。

「你也是外國讀書的吧，只有我們才叫芙蓉蛋，多好聽，到面前才知是炒蛋，還有幸運餅乾，本市哪有人吃這個，哈哈哈。」

笑開懷似孩子。

「有空都做些什麼，喜歡看電影還是郊遊。」

自在答：「都沒興趣，一早覺得戲院骯亂，最近也沒有值得乾坐個多小時看的戲，況且，本市何來郊外，郊區，是指一萬公頃保育地。」

「悶的時候幹什麼。」

「就活活悶着。」

丘山惻然。

「別同情我，柔美正值懷春期，比我更慘。這樣吧，丘督察，你一表人才，又對永家這麼好奇，我介紹柔美給你認識。」

丘山拿自在沒法子。

自在又笑，彷彿他是戲班小丑，一出場就逗她笑；丘山想起一首歌，一個女子對生命苦悶枯燥失望，這樣投訴：小丑在哪裏，應該有小丑呀，叫小丑進場……

能夠逗自在笑，也很重要。

「你的女友路督察呢。」

「我們已經分手。」

自在怪同情，「啊，看得出你倆也有一段日子。」

「在學堂認識，一直是同事，開頭兩人有同樣志向理想，已經置業，卻下不了決心結婚。」

「為什麼？」

「我不愛她。」

「現在才發覺！嘖嘖嘖。」

「是我的錯。」

「認錯總比不認好，但也不是一句『我錯』可免罪咎。」

「她也並不愛我，只是，走到今日，需要極大勇氣才能說不。」

自在看着他，「為什麼不愛，告訴我，你倆有親密關係吧。」

丘督察忽然漲紅面孔，真比捉賊還難。

「就這樣分手，一點保障也無，說到底，成年人你情我願，吭半句聲還被人嫌麻煩，不是好漢，唉，唉。」

丘山不敢出聲，活該受嘲弄。

自在陪他吃完小食。

「走吧。」

「去何處。」

「各自回家呀。」

「明晚再陪你。」

「你打算怎樣，沒有計劃，不要浪費時間。」

丘督察忽然提起勇氣，「我打算握你的手。」

「啊。」自在伸出雙手，十指雪白纖長，像文藝復興名師圖畫中女像美麗雙手。

她主動伸過去握丘督察大手，「就這樣？」

丘山說不出話，渾身一震。

自在瞬息鬆開手，這下子好，警司與綁匪的手都握過了。

有分別嗎，嗯，兩人的手都溫暖，大而有力，督察的手更加肯定，像有永不放鬆的意思。

兩人都是可選人才，尤其是永自在，毋須擔心前途生計，可自由擇偶。

司機已經站出替自在開門。

自在道別。

有愛念嗎，沒有，但他雙手實在溫暖。

到家保母問：「碰到朋友？」

自在回答：「我不會再回答類似問題。」

「我明白。」

「對不起。」

「柔美來過，問你借一件衣裳。」

「我哪有衣服可以借她。」

「她有一個晚會，各人都穿古裝，她記得你收着一襲八十年代婚紗。」

「那是家母給我的紀念品，永遠、絕不、無可能借出。」

「也真虧柔美想得到，她見過那紗衣一眼，說特別矜貴美麗。」

「更不應穿到舞會，這樣吧，她這個人不大接受『不』字，你到故衣店，挑一件類似紗衣，包得漂漂亮亮，給她送去。」

「柔美看不出？」

「她？她自出生，雙眼還沒睜開過。」

保母吃驚，自在比起三年前，那是厲害多了，會得隨設計敷衍，又看出別人弱點，她不再是小迷糊。

當下應聲「明白」。

她去辦事。

自在坐下，輕聲說：「這次見衣裳漂亮，開口問要，下次，見皮子好看，還得剝我皮。」

果然，衣裳拿過去，並沒察覺。

過兩日，送回來，不但有紅酒漬，裙襬都撕破。

保母只覺柔美不爭氣，什麼都給姐姐料中。

她好奇問：「留着那件婚衣，可是預備將來穿着。」

自在回答：「結婚何需大肆鋪張，以後的艱難日子剛開始，捲起袖子應付是正經。」

保母駭笑，「那，為什麼結婚。」

「因為不結婚，以後的日子也苦楚。」

「自在，聽你說的。」

晚上，與丘督察在小館子見面，漸漸熟落。

丘山說：「整天，無論工作多麼繁瑣怨悶，想到晚上可與你一起吃陽春麵，都忍耐下去。」

「你是總督察，有何怨情。」

「向一名女嫌疑犯問話，她有毒癮，忽然朝我吐涎沫，接着嘔吐物噴我們一身。」

「唷。」

「真不明白，是什麼叫一個人踏出墮落第一步？」

自在想一想，「因為恨。」

「你可有發覺人間與煉獄只差一線，均存在於同一空間時間。」

「是，我經歷過。」

「自在，你一定看到綁匪面目，告訴我，警方替你報仇。」

「對方也有辯護律師：人質存活，未收贖款，最多判襲擊罪，我都與永氏律師談過。」

「這麼說，你認得綁匪是誰。」

「我不知道。」

「任何蛛絲馬跡，對警方都是重要線索。」

「你就是會煞風景，再談案件，以後不見你。」

丘山連忙賠笑。

她顯然知道是什麼人。

永先生回來，見大女兒。

他微笑說：「找到男朋友了，聽說晚晚一起吃麵。」

一定是司機報的訊。

「是個督察吧，聽說年輕有為，成績斐然，年年升級，是顆明星，家境也清白，父母當公務員，弟妹均大學生。」

「父親知道的比我還多。」

「本來有點擔心，但聽說你們在小店吃完麵聊幾句便當約會，如此斯文，叫我放心。」

「他只是一個聊天朋友。」

「也應該物色男友了。」

「我知父親關心我。」

「公司裏沒有人選？」

「都是父親的跟屁蟲。」

「哈哈哈哈哈。」

柔美跟他們玩得高興，至少消磨了時間，今日品酒，明日畫展，後日辦文化節……

自在一早明白永氏讓兩姐妹回公司應卯的原因。

他父代母職，倒也難得。

哪裏這麼容易呢，那個人，即使存在，也不知在地球哪一角落。

自在黯然。

永氏鼓勵：「時機到了，請丘督察到家裏吃飯，見個面。」

永氏另有小公館，另有女主人。

他說：「放心，我一個人。」

隔兩日，小館子裏，自在放下筷子，「永先生說，幾時有空，在家與他吃飯。」

丘山一怔，受寵若驚，緩緩答：「幾時都可以。」

忽然慌張，穿什麼好，說些啥話。

自在說出一個地址。

「我不能空手。」

自在微笑，「不必多禮。」

結果，他買一箱橘子上門。

穿着半新舊西服，身形筆挺，連管家都喝聲采。不過，那箱橘子未免突兀。

永氏立即迎客，十分客套，毫無架子。

丘山知道，像永先生那樣成功生意人，若要刻意討好一個人，一定成功。

喝過開胃酒，上桌吃飯，永氏說着自在與柔美兒時趣事，聽上去，十足盡責親切好父親。

菜式清淡，三菜一湯，並無鮑參翅肚，一味茭白筍炒雞絲，極之美味，丘山添兩次飯，連管家都微笑，心中讚賞。

飯後他與永氏到書房聊天。

自在上前，按一按他肩膀，像是認準他是男友，然後避席。

永先生再問幾句關於丘家的事，「幾時與令尊見面。」

這句話叫見慣都會美好及污垢的丘督察飄飄然不能自已。

沒想到這一步走得這麼快。

他的憧憬，會得成真嗎。

送自在回家，他第一次踏進她住所，出乎意料樸素，用舊木家具，枱椅都像被劏泥車軋過，近窗放着一具T. Rex暴龍頭骨模型。

他在舊棕皮沙發坐下。

自在說：「這所公寓便是我妝奩。」

這句話曖昧，丘山怦然心動。

正當他心猿意馬，手足無措，自在電話響，她一聽，臉色大變，放下手機。

她說：「我兄弟永康莊在急症室。」

「什麼事。」

「父親已經趕去，我也得走一趟。」

「我陪你。」

司機本打算下班，又忽忽趕至。

丘山聯絡部下，讓他們打聽事故，不一會，消息到，丘山說幾句，自在看着他。

他低聲告訴自在：「過度服食芬他奴留醫，這種藥，比海洛因強十倍。」

「可有生命危險？」

「急救無效，病人危殆。」

老司機聽見，難過得五官掛下。

走入急症室，看到父親由助手陪着與醫生談話，殷律師與康莊母親坐一旁。

自在踏進走廊，被繼母一眼看到，她忽然尖叫撲上，扭住自在不放，雙手摑打她頭臉，一邊高聲罵：「你這妖精，打死你！」眼淚鼻涕不受控制。

眾人忙上前拉開。

丘山大驚隔阻兩女，身上也捱了幾下。

康莊母被拉到別處。

自在拂拂身上灰塵，輕輕說：「康莊在何處？」

醫生答：「病人宣告死亡。」

永先生鎮靜告訴律師：「可以捐贈的器官全部捐出。」

醫生答：「院方衷心感激。」

丘山訝異，除出他母親，眾人竟如此鎮靜。

自在去看康莊最後一面。

他俊秀面孔紙一樣白，唇嘴發紫，自在想握住他手，被看護阻止。

自在清晰記得，康莊出生不久，父親抱着幼嬰給她看，只那麼一點點大，雙眼閉着沉睡，太可愛的芋艿頭，額角還有皺痕，泡泡雙頰，叫姐姐忍不住用唇哄他。

自在忍不住淚如泉湧。

多久沒哭，有好些年了，哭出聲真舒暢。

身後嘩呀一聲，柔美趕至，沒人可以安慰到她，她張大嘴號啕。

自在靜靜退出，頭靠丘山肩，「看，這就是我家。」

丘山扶她上車。

司機連忙拭淚，「小姐，去何處？」

自在疲倦答：「去一個不如此悲慘的地方。」

老司機淚如雨下。

接着幾日，永家上下忙碌，永氏並沒有替康莊安排任何儀式，把他母親送返療養院，永氏努力安撫自在與柔美。

獲得捐贈心臟十六歲男孩的家人一定要拜謝永先生，他拒絕，「告訴他們，我兒有一顆善良的心。」

他只殘害自身，不傷及他人。

接着，他與女友往東京賞櫻。

隔一會，丘山問：「她為什麼打你？」

「你指繼母，她患精神病，不能追究。」

「是與她『自殺』有關。」

「我不知道。」

「你要幾時才願對我講真話。」

自在看住他，「我所說每個字全是真話，你要是不愛聽，可以不聽。」

「自在我心裏悶塞這麼大一個疑團，很難——」

「這陣子公司比較忙，永家又發生這種意外，我們少見面為佳。」

丘山叫住她，「我說錯話。」

「不，你沒講錯，如今，也只得你一人肯說真話。」

自在伸手撫摸他臉頰。

丘山吻她的手，急得頭臉都紅。

「你放心，我會給你一個交代。」

自在回公寓，二話不說，躲到床上，用被子蓋住整個頭，好似這樣，邪惡神靈就找不到她。

她睡很久，肚餓才醒轉，天濛亮，她長嘆一聲「太陽還是照樣升起」，走到廚房，打開果醬瓶子，就那樣勺着吃，又開花生醬，足足吃半瓶。

飽了，情緒略為穩定。

回到公司，原以為是避難所，一進門，便聽見電話響鈴，接着是幼兒叫「媽媽，媽媽」。

同事都好奇抬頭，只有永自在，知道是什麼一回事，這好比奪魂鈴。

「大小姐，有客人在會議室等你，說是你朋友，並出示合照。」

她與她的時辰都到了。

永自在冷靜走入會議室。

對方看見她，立刻收電話。

她衣着整齊，但掩不住耳側新添紋身。

「永小姐的氣色很好。」沙啞低沉聲線刺耳。

「你也一樣。」

「大家又在本市相遇。」

「犬與弟可好。」

「好得不得了，托福。」

「請問有何貴幹。」

「求觀音借庫。」

「妹，那是一大筆錢。」

「如不，只得出售令堂珠寶，我不想拆開售裸石，那樣，又比較不值錢。」

她自手袋取出一隻頭箍，兩邊近耳處有一雙鑲鑽翅膀，精緻可愛，本屬柔美所有，「這是卡地亞出品，原物可當四萬二美元，拆成碎鑽，只十分一價錢。」

她索性戴上頭箍招搖。

勒索永無止境，再給，很快也會花光。

自在問：「犬知道你見我？」

「你對犬另眼相看？不必，一次為賊，終身為賊。」

「你倆又在一起。」

「猜得不錯。」

自在點點頭，「妹，請你即刻和平離去，還來得及。」

「你警告我？你付出這個數字，我立即走。」

「直至下一次。」

「永小姐真聰明，你看，你家唯一男丁已經離世，二小姐怎能同你比，這份家當，遲早全屬你，照顧幾個老朋友，算是什麼。」

「我重講一遍，我再不會付款。」

「那麼，下回，你想什麼人失蹤？」

永自在輕聲答：「你。」

妹跳起，放下話：「這世界反了。」

「我猜，犬不知道你來，你不知收手，你害他。」

「永自在，你賊喊捉賊，你利用他，還在我身邊搶走他，現在，他心永不回歸。」

秘書輕輕敲門，「永小姐，沒有什麼事吧？」

她身後跟着護衞員。

「沒事，請這位女士出去。」

妹大怒，摘下鑽石頭箍，用力摔到牆角，又回彈到自在腳下，自在拾起。

她的心又一次靜下，思量應付程序。

妹是一隻瘋牛，衝進瓷器店，非打破千百件器皿，不會罷休，一定要把她擋在門外。

這時柔美走進，「姐，我母親想見你。」

自在搖頭，「不。」

「姐，她在療養院內，可能有重要話想說，也許是最後一次。」

「不，她上次見我，打得我頭腫。」

「自在，我正想問你，她緣何打你。」

「繼母思想心胸狹窄，妒忌自私，歷年都攬小動作令我不快。」

「自在，我竟不發覺！」

「子不言母，不說這些，喂，你那份雜果餅乾評估表寫妥沒有。」

柔美握住自在手。

過一會，自在摔開柔美的手，她有更重要事要做。

她找到丘山，「我有話說，我會把你所有想知道的事告訴你。」

丘山正淋浴，連忙用毛巾裹住下圍，「我馬上到你家。」

「我還在公司，我得整理一下內容，從何處說起，做份草稿。」

「那麼，今晚。」

那一晚，永自在從黃昏等到午夜。

丘山失約。

自在訝異，她滿以為丘山為這次等足三年約會水裏去火裏去，沒想到他居然不出現，可見，什麼都有意外，而男人的心思，至難猜測。

永自在在露台立了半個中宵。

發生什麼事。

丘山在辦公室換一件乾淨白襯衫，看看時間，剛想出門，被同事氣急敗壞擋住。

「丘，路督察中槍，在急症室搶救。」

丘山耳朵嗡一聲。

「我開車送你。」

他身不由主二話不說跟着同事奔向停車場。

短短十分鐘路程，往事一幕幕在腦海映現：第一次見她，在學堂上課，短髮圓臉的她坐前排，全神貫注專心聽講，他坐她後邊，聞到她身上藥皂香氣。

下課，他微笑說：「有事請教。」

她誤會關於功課，輕輕說：「上課要專心。」

「不，」丘山說：「我只想知你姓名與電話號碼。」

就那樣，差不多十年。

他對不起她。

丘山淚流一臉。

「丘，先別傷心，醫生會搶救。」

「怎麼一回事。」

「路明勇救同事，擋在阿茅身前，事後只說：『茅，你有三個孩子，我有避彈衣。』」

「什麼案。」

「有人天台挾持女友，要一起跳樓，阿茅上前勸喻，不料該人揚出手槍。」

丘山下車奔進急症室，跑得肺葉如要爆炸，大聲叫喊：「找路明督察！」到了。

看護連忙把他帶進。

「情況如何。」

「已無生命危險。」

丘山滑倒大堂，跌一個筋斗。

看護連忙扶起，喃喃說：「我怎麼沒這樣男朋友。」

丘山蹲到路明跟前，握緊她手，「明，明，」哽咽。

內疚重壓將他軋扁。

路明臉如金紙，「你怎麼來了。」

丘山垂頭，這時如她要求復合，他會應允。

護理人員把路明轉移到病房，丘山一直陪着她。

路明輕輕說：「且莫知會我父母，待我好些才告訴他們。」

丘山這才醒覺，這英勇督察也是某家的女兒，父母自幼奶大，可是，他丘山竟任意糟蹋她，他羞愧不能言。

路明似有話說，他把耳朵趨近，她說：「想喝檸檬茶。」

「立刻去買。」

他才走出病房，就聽見有人問：「路明督察在哪間病房？」

抬頭，見一年輕英俊西人，神情緊張。

看護問：「你是何人？」

西人答：「未婚夫。」

丘山呆住。

未婚夫。

許多人還以為丘山與路明尚未分手，誰知路明已經有了未婚夫。

她向丘山攤牌之際，可是已經打算與別人訂婚。

丘山坐倒長櫈，看着神氣英挺的外國人忽忽推開病房門。

他呆半晌，到飯堂買了兩杯熱檸檬茶，叫接待處送入。

他自己，在街上躑躅。

照說，負心的壓力一旦去掉，應當高興，可重新做人；但不，他心底又酸又苦，陣陣空虛。

他一直以為路明失去他之後起碼要過三年才敢重頭嘗試，但不。

人家轉瞬另結新人。

他低估路明，她是個聰明女。

他在公園坐不知多久，直坐肚餓，才到那家叫重慶小館子吃麵。

店家說：「咦，女朋友呢。」

他猛然想起永自在，一驚，看時間，急用電話：「同事中槍重傷。」

自在回答：「不要緊，明天再說。」

她聲音惺忪，像是被他吵醒。

「對不起。」

「你忙你的。」

要他的世界只有永自在一人，未免過份。

永自在起床做筆記。

凌晨，住宅區沉靜，偶然一輛夜歸車經過，車頭燈亮一下，恢復黑暗，思維此時特別清晰，日間忽略事物細節，一下子明澄，啊，這樣，可以如此這般安排，當日之事，歷歷在目，她一宗宗記錄，預備詳盡向丘督察招供。

自在帶私人電腦上班，打算該日完成私人筆記。

不知是誰生日，一早買回廣東點心招待同事，助手留下燉牛乳給自在。

自在四肢開始溫暖，有工作還是好事。

助手說：「吃多點，滋養生命。」

秘書進來，「永小姐，外邊有人找。」

「是丘督察否，請進。」

「不是他，另外一位柴先生，從未見過。」

自在意外，走到接待處一看，怔住，柴先生，她從不知道他姓柴。

犬一見她，歡喜，伊清麗如昔，「自在，可以進去說話否。」

「什麼大事，勞駕到你現身。」語氣熟絡。

「妹找過你，出言不遜，我代她道歉。」

「她這人很麻煩。」

「我知。」

「你們都在本市，可是做小生意。」

「弟開一家咖啡店，週末有未成名樂隊演奏，生意不錯。」

「你呢。」

「我做裝修。」

「妹為何不向上。」

「她有她難處。」

「你這次見我，就為着要求我原諒妹。」

「自在，我想看看你，」他走近，握住自在手，吻一下，放低。

「我還是第一次知道你姓柴。」

「我全名柴犬子。」

「多奇怪名字。」她撫他腮幫。

「想念你。」

自在震動一下。

自在半垂頭沒有説話，柴犬站她面前，輕輕吁氣。

終於自在說：「他們等我開會。」

「有空吃茶。」他放下一張名片。

自在送他出去。

才回頭，又有人叫她，「自在。」

她以為犬還有話說，那人卻是丘山，與犬前後腳。

丘山興奮說：「自在，有消息。」

他走進自在辦公室，「永太太失竊首飾終於亮相。」

他取出一隻警方用透明證物袋，裏邊一條鑽石鑲珍珠項鏈，眼熟，丘山拿出照片對比，「你請看。」

的確是贓物。

妹忍耐不住，拿去典當換取現款。

妹，這大錯由你本人鑄成，與人無尤。

「前後三年，終於得到線索，警方取回當舖攝錄機資料，請看。」

相機影片中一個老婦走進當舖，取出項鏈給職員細看。

「她只要求十萬元。」

自在不出聲。

「你可認得該名老太。」

自在搖頭。

「警方也猜想這不過是替工，但她留下姓名地址及身份證明號碼。」

全是假資料。

丘督察說：「全是假資料。」

但是，她留下指紋。

「指紋沒有記錄，她不是本地人。」

總有人見過她。

「一定有人見過她，我們已經開始追查工作。」

自在沉默半晌，輕輕問：「你同事的傷勢如何？」

「啊，已脫險境。」

這時柔美進來，「咦，丘督察你好，」又看到案頭那頂鑽石雙翅頭箍，「啊，找回來了。」順手戴頭上，亮晶晶煞是好看。

丘山訝異，「這也是失物之一，自在，果然不出我所料，你與劫案有關。」

柔美問：「你們在說什麼。」

自在輕聲說：「柔美，你出去一下，丘督察與我有話要說，我猜想他是要向我求婚。」

柔美高興尖叫：「是，是，我叫同事別打擾你。」

她出去關上門。

自在給丘山斟咖啡。

「自在——」

「噓，你要知道的事，我簡約說你聽。」

丘山緊張。

「你要先答應我一件事。」

「請說。」

「我挺胸作證，你得豁免我一切刑責。」

「你犯什麼罪。」丘山愕然。

「先答允我。」

「自在，我是警務人員，只負責拘捕疑犯，律政人員，則負責證實刑責，我不能答應。」

「你請律政司同事前來。」

「不可能，他們不受我調派，況且，我根本不知你犯什麼事，怎可預先討價還價。」

自在沉默。

「自在，你需要幫忙，先把前因後果說出。」

自在輕輕自責：「是我想得太好，現在我知道了。」

「請從頭說起。」

「你需幫我，如不，也替我保守秘密。」

「自在，我答應你與檢察律師商議。」

「我給你一個摘要：綁匪共有三人，兩男一女，本欲置我於死地滅口，我及時與他們交換條件，得以脱身。」

丘督察聽了，張大嘴，半晌合攏，再張嘴：「什麼條件！」

「當日繼母收到消息，但是，她封鎖這件事足足二十四小時，不報警也不付贖款，綁匪大怒，剪去我足趾。」

「但，這項錯失不是犯法。」

自在忽然笑出聲，「那不是你的足趾，你不覺痛。」

「自在我如同身受。」

「不，你不知道，血流一地，火鼠嗅腥，前來舔噬，一隻猙獰黑老鼠，足足一呎長，我如墮地獄，不得不把永家保險箱密碼告訴他們。」

丘山從未聽過更可怖故事。

「因為合謀，他們確信我不會供出他們姓名。」

「我即與律政署商議，你必須在場。」

「你還沒聽完。」

丘山手腳都顫抖。

「原先以為，是一個叫郝大腦的人指使，他情婦被永氏霸佔，復仇。」

「警方照這條線查過，可是，郝大腦當時因販毒被警方拘留，那是最佳不在場證據，他最後入獄是因販賣芬他奴。」

「他需要在場嗎。」

「他是甲級鼠摸狗偷，但從無傷人前例。」

「被他毒害年輕人包括永康莊，全部白死。」

「我不是那個意思。」

「是何人指使郝大腦？」

丘山怔住，「上邊還有人。」

永自在碧清雙目看牢他。

丘山深深吸口氣。

辦公室內靜沉得聽到呼吸聲。

外邊柔美忍不住揚聲：「姐你答允丘山求婚沒有？」

自在答：「還沒有。」

「警方開頭還以為綁匪目標原來是永柔美，她為什麼恨你。」

「完全沒有原因，我是她丈夫親女，不可能做情敵，我也不能霸佔男丁康莊財產，她那樣做，完全是有風駛盡㡎，永氏要求離婚，她也要傷害他。」

「我們即往殷律師處把此事説清楚。」

丘山拖着自在手走出。

柔美笑問：「你們是往註冊嗎？」

自在與丘山都一背脊冷汗，氣色不比尋常，自在臉頰發出風疹塊一樣紅斑。

殷律師驚異不定，叫人安撫自在，閉門與丘山詳談。

丘山一廂情願説：「法律不外乎人情。」

殷律師冷冷答：「那因為你愛上永自在。」

「她生死關頭，她為自己贖身。」

「你把檢察官請出商議，看看可否認罪交換較輕刑責。」

「她逼不得已才下此策，沒有刑責！」

「丘督察，你是警務人員，你不可存私。」

「即使是陌生年輕女子，我也會為她爭取。」

殷律師沉默。

「我認識律政署檢察官宋佳，我馬上接觸她，綁架等於蓄意謀殺，相信她樂意將該三人繩之於法。」

自在躺在休息室，身上蓋着毯子，臉上敷防敏感藥膏，殷律師讓她喝蜜水，忽然忍不住，緊緊抱住她，可憐的少女。

「為什麼到現在才說出這件事。」

「本來以為交換條件，此事完結，誰知其中一名女子近日再次出現勒索。」

「你太天真。」

「不，是愚蠢，當日知會警方，他們埋伏保險箱附近，一網打盡。」

殷律師輕輕說：「我不怪你，你想復仇。」

「是，三人也正抓牢這一點心理，才放膽盜竊，我是要負刑責的吧。」

「我替你辯說。」

殷律師撥開自在頭髮，發覺她發燒。

「回家休息。」

丘山說：「我送自在。」

柔美電話接踵而至，「註冊登記還順利嗎？」

自在答：「稍後才同你說。」

她沉沉睡去。

這時，丘山後悔一直逼迫永自在說出真相，他接受不了真相。

晚上，保母為他搭一張行軍床，讓他睡書房，半夜他起來探視自在，她呼吸均勻，到廚房，看到保母做雞湯煨麵，他也吃一碗。

第二早，自在熱度退卻一點，仍然乏力。

保母讓她喝營養乳品。

殷律師有消息，「我約了宋律師，約你們出來。」

丘山問：「可以走動嗎？」

自在點頭。

宋佳早到，已經端坐殷律師辦公室，聽過殷陳述，訝異之極，衝口而出，「斯德哥爾摩症候群。」

殷律師嘆氣。

這時丘山伴永自在進房。

宋佳看牢這個永小姐，只見她瘦弱不堪，一張臉小小如孩童骷髏，只餘一雙大眼，然而那雙眼卻含淚晶光流轉。

精靈如宋佳，一時也猜不出永自在表裏如一，抑或表裏不一。

殷律師給她一杯熱茶，她輕輕喝一口。

宋佳開口：「永小姐，請你說出那三人名字。」

「我有交換條件。」

「警方得先抓到那三人。」

「不，先準備文件，你我簽署，免我刑責。」

「你主使一宗盜竊案，不能全免刑責。」

「我不是賊，當時我在醫院，我一無所得。」這是真的，宋佳起身踱步。

殷律師說：「三人是危險人物。」

「我回去與上司商議。」

「宋佳，你指日飛升，你就是上司。」

「如此判決，難以交代。」

丘山說：「判永自在社會服務一千小時。」

宋佳微笑，「永小姐，殷律師與丘督察都愛你至深。」

他們不出聲。

「永小姐，你認得出他們三人樣子，可以繪圖認人否？」

「可以。」

「先到警署繪圖認人。」

殷律師說：「先簽不起訴書。」

永自在忽然說：「我願意認人。」

一行四人抵達警署。

自在坐電腦前，與專人合作，他們先造女像。

臉形一出，宋佳已說：「嗯，是美女。」

加上大眼高鼻薄唇，濃密頭髮，輪到殷律師說：「像東西混血兒。」

永自在說：「她身材超好，裸女雜誌拉頁水準。」

宋佳請助手將那幀繪圖與警方檔案對比，結果：無此人，還真得靠證人。

永自在又說：「最特別之處：她的聲線沙啞低沉，像男性，是一種破相，她嗜賭，還有，她的手電，響聲奇特，是一個幼兒叫『媽媽』。」

資料竟如此周詳，叫丘山驚訝不已。

「她叫什麼名字。」

「他們叫她妹。」

「只一個字，沒有姓氏，其餘兩男呢。」

殷律師說：「可以簽署文件了。」

「明日，同樣時間，到我辦公室。」

丘山露出驚喜神色。

其實，永氏機構每層樓都部署攝錄影機，但永自在不說他們曾經找她，便無人知道，她已經收起那些錄影。

這些步驟，一定有紕漏，但是警方必須盡快破案，自然採取最便利方法。

作證完畢，自在幾乎走不動，要丘山扶着，在車裏緊閉雙眼，輕輕說：「我如果有媽媽，恐怕不至於此。」

殷律師惻然，「一些母親，自身難保。」

「做人太痛苦。」

「柔美不會這麼想。」

「一定要保護天真柔美。」

自在閉上雙目，不再言語。

第二天，宋佳只覺永自在更瘦更弱，她說：「永小姐，律政署——」她想講道理。

殷律師不耐煩：「雙方各取所需，你毋須講道德經。」

「——這是律政署史無前例的特別寬厚處理。」

「是是是。」

殷律師讀完文件，這樣說：「所有因此案導致事件，亦應豁免。」

宋佳彈起，「何解。」

「這件案是一株毒樹，上邊所結果子，亦含毒不能食用，失去法律效用，不能起訴，明白嗎。」

「理當如此。」

永自在簽字。

「現在可以說了，另二人叫什麼。」

「一個叫哥，另一叫弟。」

「想必都是暗號。」

「樣子如何。」

自在這次，一點也不忠實，哥畫成壯漢模樣，弟則是一普通年輕人，毫無特徵。

宋佳說：「丘山，你與手下立刻辦事，永小姐，江湖消息傳得極快，你注意人身安全。」

不到三日，已追緝到妹的下落，極妖媚，葫蘆身段，聲線如男子，到各地下賭檔一打聽，便知有這麼個女子，手段豪爽，逢賭必輸。

在賭桌坐下，她不知恁地覺得熱，一件件衣裳脱下，幾乎剝剩內衣，然而還是輸，人人記得這名女子，電話偶然想起，鈴聲是一名幼兒喊媽媽，十分可憐。

警員在門外等候，叫她：「妹」，她轉過頭，警員溫和說：「請跟我們回警署調查一宗綁架案。」

在她身上，搜出小量毒品，與一把小刀，這個女子，相當機靈，趁警員不察，把手電扔入海港。

警員跺腳。

她的身份證明文件上寫的名字是妹泰喀馬隆，英籍，經查證，居然是真實文件。

丘山讓永自在認人。

自在由保母陪着出門，等司機把車駛近之際，有人擋路，抬頭，是柴犬。

自在與保母即時警惕。

「自在，請讓我說幾句話。」

自在點頭。

「還來得及，別認出妹。」

「你此刻走未遲，她遲早把你名字供出。」

「自在，她得罪你，由我償還。」

自在看着他，「你還不起。」

「自在，你也牽涉其中。」

自在微笑，「你毋須擔心我。」

她上車，犬還想說話，已被保母擋開。

到達警署，玻璃幕背後站着五名可疑人物，打扮妖氣十足。

永自在只需看一眼，「左起第一名，她戴着永家的黃鑽耳環。」

宋佳在辦公室這樣對丘山說：「在律政署工作這麼久，還是第一次遇如此奇案。」

「永氏一家皆非常人，你聽過保險箱密碼叫『去年今日此門中』沒有。」

宋佳接上，「——人面桃花相映紅，人面不知何處去，桃花依舊笑春風。」

「多麼惆悵。」

「那人面究竟去何處。」

「被人拋棄。」

丘山大聲說：「這不公平，路明已經訂婚。」

「咦，我又沒說你。」

「永自在似乎不關心那兩兄弟。」

「我相信，截去她足趾的是妹泰。」

「分頭辦事吧。」

等了三日，無人替妹泰保釋，她惱怒到極點，亂摔東西，眼淚鼻涕，恫嚇自殺，在警員面前，一五一十，把柴犬招出。

「還有！」

「還有何事。」

丘山看繪圖，發覺這次圖中柴犬，是一英俊年輕男子，心中明白，自在是要多給他幾天逃亡時間，心中納悶。

妹泰說出一句：「永自在謀害永康莊與永氏妻子！」

丘山呼喝：「別胡說，你還有一個兄弟，在何處？」

「你休想找到他。」

妹泰忽然滿嘴鮮血，她癮頭發作，自咬舌頭。

丘山連忙叫醫務人員。

晚上，到小麵店，照樣看到司機在店外守護，自在悠然吃麵。

她一邊替他勺雲吞一邊這樣問：「可有新發展？」

丘山說：「妹泰忽然發表奇異指控。」

「意料之中。」

「她說，你與永太太自殺案有關。」

「說明是自殺，與人何尤。」

丘山吃雲吞點辣醬，有一滴濺到嘴角，自在很自然用指尖替他抹去，放入自己嘴裏嗒味。

丘山震蕩，不能自已。

不談案子了。

他打算以利益衝突不再偵辦。

但是忽然之間，在他毫無準備之下，永自在娓娓道出案件續集。

「自醫院出來，我搬到自己公寓，想清全部機關，繼母欠我，必須歸還，我與他們三人接頭——」

丘山跳起，「應交給警方。」

「警方辦事，受到法律牽制，法律說明：一個人無罪直到證明有罪，過程冗長，有機可乘，所以舊時移民組織黑手黨、堂口，實行私刑。」

「但你不是他們。」

自在苦澀，「我也以為自己是知書識禮大小姐，直至生命受到威脅，有人陰險歹毒當我賤狗，父親永遠不知所蹤，弟妹又不親近，我只得自己動手。」

「你做了什麼？」

那邊，主控官宋佳聽到妹泰供詞，直指永自在是主謀，忍不住驚訝，霍一聲站立，推倒椅子，為免再次失態，她離開拘留所。

「丘山，我過來一下。」

當下，丘山也剛聽完自在自白，他反應比宋佳更激烈。

他完全說不出話，隔一會才說：「我們回家再說。」

倒是永自在，鎮定請來殷律師。

殷律師好整以暇，「都知道了。」

丘山還是無言。

「別擔心——」

後邊有人怒喝：「殷律師，你一早知道，你設局整我，永自在如何脱罪，你說！」

自在被宋佳尖聲嚇倒，躲到殷律師身後。

「你！永自在，你還裝小白兔？」

殷律師連忙發言：「宋佳，請你控制情緒，永自在一早向我真實透露一切，你要知道什麼，可以同我心平氣和商議。」

「你騙我簽署協議書。」

「誰訛騙你，雙方你情我願，記得嗎，毒樹滋生果子也有毒，協議書有效。」

「完全是另外一宗綁架案子。」

「什麼綁架？」

「永康莊——」

「當時他在自己公寓床上睡覺。」

「但是這張恐怖照片傳到他母親電話。」

殷律師看過照片，冷笑一聲，「類此照片，我也有一大堆，這是他去年五花大綁，身邊還有兩個應召女，這是前年他生日慶祝，裸體自拍，在浴室表演上吊，這一張——」她把電話遞近。

宋佳氣得臉色煞白。

「宋佳，永康莊絕不康莊，而且據你的人犯妹泰指出，他根本對女性不感興趣，假裝與美色作伴，只為蒙蔽他父親。」

宋佳氣煞，說不出話。

「這件案子已告結束，尚餘同犯，遲早落網，你不必節外生枝。」

「那麼，永太太呢。」

「無人綁架永太，沒人勒索贖金。」

「可是，妹泰說——」

「你不是真相信妹泰這個人吧，宋檢察官。」

「永自在，你也太厲害了。」

「宋佳，你怪錯人了。」

「至少她犯惡意傷害他人身體。」

「你沒有證據，永太什麼都不說。」

宋佳再一次推跌椅子。

殷律師上前安撫，被她一手打開。

永自在輕輕說：「對不起。」

宋佳拂袖而去。

殷律師嘆氣。

永自在再說：「對不起。」

從頭到尾，永氏在巴哈馬度假。

收到殷律師的發票，才找女兒：「自在你請殷律師做過什麼事，為何她開出三百萬元服務費用。」

「啊，」自在想一想，「交通意外。」

「什麼意外，你竟自己駕車，你撞傷人？」

「那是一架麥克倫跑車。」

「不可駕駛，叫司機跟緊你。」

「明白。」

上述那些話，已與殷律師串通。

丘山與宋佳見面。

「永自在是你女友？」

「我倒是想。」

「聽說已見過家長。」

「永先生十分客氣。」

「丘山，你我是半個同事，你過往成績，無瑕可擊，是警方金童，這永自在，機心密密，非正非邪，實非佳偶。」

「多謝關心，說得實在太早。」

「這女子在罪惡邊緣踩鋼絲，又足智多謀，你那麼謹慎也遭她利用。」

「她並無利用我，我們相遇純屬偶然，正如她與三名綁匪並不認識。」

「既然你心甘情願，大家愛莫能助，無話可說。」

「再加一句，多謝你關心。」

宋佳問殷律師：「我想死得明白點，永自在可有向你透露，她如何計劃這宗案子？」

殷律師說：「我不可能透露客戶與我之間談話內容。」

殷律師當然問過永自在。

自在這樣回答：「一些事，是人可以做的，也有一些，人不可以做，我想仔細了，第一，不能做漢奸害國殃民，第二，不可殺人天理難容，故此，只能鑽縫子報仇。」

當下宋佳又問：「她恨惡繼母。」

「永太太這個人，真把『邪惡繼母』這個傳説提升到另一階段。」

「確實她是主使人。」

「宋佳，你應當見一見那個叫郝大腦的人。」

宋佳一愣，她做事不夠仔細。

為着好奇心，宋佳前去獄中看郝大腦。

這時的郝某同從前那個是不能比了，關了三年，人窮志短，見到檢察官，只問有何好處。

「你想要什麼？」

「生活枯燥，需要娛樂。」

「給你若干情色影碟。」

「多謝檢察官。」

「説一説永自在被綁案。」

「不是我做，我也聽別人提起。」

「我亦知道不是你親自出馬。」

郝某想一想，「這樣說好不好，有人想綁架永自在，找我出主意，我沒接下這事，你想，綁架勒索，傷天害理，是不是。」

「確實是。」

「何況那是一個弱女，出手稍微重些，也就掐死。」

「所以你情願販賣芬他奴。」

「啊，檢察官別笑我，這番話，我對一位殷律師也說過。」

「她給你何種益處。」

「香煙。」

「說下去。」

「後來，我聽說有人接來做，可是，綁錯人，家長不予受理，只得放人，偷雞不着蝕把米。」

「完全與你無關？」

「我做事會那麼笨？」

「你認識那幫人？」

「香煙在獄中可當錢使。」

「我不會虧待你。」

「聽說——聽說——有一個年輕人叫柴犬。」

「什麼？」

「一個叫犬的年輕人，人如其名。」

「當初主使你是誰。」

「江湖上，工頭交一判，一判找二判，誰知是誰，聽說是一個喝醋女人要教訓丈夫。」

「你一切都是聽回來。」

「當然，人在獄中，還有何作為。」

「同那班綁匪還有聯絡否？」

「我根本不知道是哪些人，統統與我無關，喂，漂亮檢察官，莫忘我的影碟與香煙。」

再問也不會得到正確答案。

檢察官囑丘山調查一個叫柴犬的人。

柴犬，江湖漢也有藝名。

宋佳不信那是真名。

一年過去，永自在並沒有被起訴任何罪名。

這時，內幕週刊得到蛛絲馬跡，非常感到興趣，把拼圖聯一起，影射某富太妒忌丈夫結交小明星，竟勾結匪徒綁架丈夫前妻所生女兒事敗，夫婦離婚。

記者創作與想像力豐富，主力渲染富家女是否遭到侵犯。

永氏公司門外有記者等候永自在下班拍照。

永氏對殷律師說：「有越規圖文，即提控訴。」

前永太躲在療養院，更加不敢出來。

柔美問大姐：「是影射永家嗎？」

「當然不是，李家、馬家、周家都似對象，你管你好好生活。」

「親友都套我講話。」

「別理他們，我是反問：外邊傳了有十年，你父在上海的兒子已經七歲。」

「明白。」

柔美不難應付。

妹泰因綁架傷人案，認罪，接受五年刑期。

殷律師比較安心。

她叮囑自在：「柴犬若在本市出現，即告知本人。」

「他不會再來。」

「為何作此猜測。」

「他又沒愛上我。」

殷律師啼笑皆非。

那個小歌星翠芝，忽然接受訪問，暗示她便是導致綁架案中第三者。

牽涉複雜，人數廣泛，秘聞雜誌為着叫讀者容易明白，畫了圖表。

一下子親者痛，仇者快，啊永家還有親人嗎，大抵不，都掩着嘴吱吱笑，哪管第二天輪到他家出事。

不過，凡是新聞，都捱不過三天，永氏新聞，也漸漸沉靜。

永自在主持策劃會議，建議似模似樣，她主張零食份量減少，只一口，像一口酥　一口盞，提倡一口吃下的巧克力，包裝精緻可愛，聲明每顆只十克熱量，客戶如果忍不住口，一吃一百顆，恕不負責。

製造商大樂，本來是華人百年老主意，現在又復新，每逢節日，又生產超巨裝，像兩公升牛乳瓶那樣大的樽裏裝滿小顆零食……

自在與柔美都很投入。

當然，這一切高興都是表象。

一日，自在一進女用衛生間，便被一個少女拖到角落，自在很鎮定，將陌生少女手用力撥開，保安森嚴怎麼被她潛進！

少女也鬆手：「別出聲。」

一看，不認識，相貌姣好，身段曼妙。

自在說：「我知什麼人派你來。」

「彼此彼此。」

「你幹嘛出現。」

「弟的咖啡店，因事發關門，做不了生意。」

「找你們柴犬哥。」

「他想潛逃。」

「弟可跟他走。」

「兩人缺盤川。」

「這真是他們三個人的致命傷。」

「他們保證不再回轉。」

「每次都那麼說。」

「犬請你——」

「知道，不准報警。」

「永小姐，你是明白人。」

她悄悄離去。

自在回到辦公室。

犬喜歡的，都是艷女，除出永自在。

她召保安組主管問話，請他立刻調查，怎麼有人進得了永氏機構，躲在衛生間伺機而發。

主管去了十分鐘，「是一張已離職並且註銷的職員證，上邊電子線路遭到改動——」

「多危險，若在什麼角落放一枚爆炸物——」

「永小姐，我們只是零食商。」

「失誤不得找藉口。」

「是，是，可要報警。」

「自家不夠嚴謹，還要給警方添亂？」

「是，是，馬上更新保安系統。」

「採用指紋檢驗吧。」

「費用問題——」

「毋須你擔心——」

「明白，我立刻做。」

下班，永自在披上外衣，忽然有一封信自口袋跌出。

這是什麼。

驟然醒覺，信由衛生間少女趁她不覺放入口袋。

一看便知是犬給她訊息。

她從沒見過犬的字跡，奇是奇在他的中文字寫得清爽，比她的童體字美觀得多。

「自在，今晚八時請到重慶小麵店見面，犬。」

這當然是個不見不散之約。

去，不去，叫自在躊躇，重慶本是她與犬約會之處，偏僻，人客不多，泰半是忠厚藍領解決三餐的地方，沒有好事之徒。

之後，自在約丘山到該處，沒想到，柴犬又回來。

她把紙條收好，回家，捧着頭想，去，還是不去。

腦筋還忐忑轉動，一顆心已飛出，a heart wants what it wants。

她穿得厚厚，請司機送她。

司機一聽是重慶，放下心，那是大小姐去慣去熟之處，有個停車位，可看到小店內一切，是最好守護之處。

犬比自在先到。

她一眼看到他，仍然胳臂是胳臂，腰是腰，城內不知多少英俊小生，但是柴犬像個男人，叫女性折服。

她輕輕走近。

犬站起替她拉椅子。

兩人都無話，雖然都微笑，但嘴角淒涼。

店主看到，不禁納罕，咦，秀麗少女換了男友，不久，這人他也見過，開頭是他，後來，才換過……噫，攪糊塗了，且別理閒事，他走近，「兩碗陽春麵？」

自在點點頭。

犬說：「他還記得。」

自在輕聲問：「需要多少盤川，往何處。」

「我不是向你要錢。」

自在一怔，「那只剩一條命了。」

「自在你越來越大膽。」

「生死關頭打過圈子，人生觀總不一樣。」

「對不起。」

「你不過是步兵。」

「不，我不要錢，是我叫信差說嚴重一點，怕你不出來，我這次，想告訴你一件事。」

自在十分意外，看着柴犬，忍不住說：「你從什麼地方得來如此漂亮眼睛。」

犬苦笑：「我想同你說，永康莊辭世，與你無關。」

自在垂頭，「他怎麼都算我弟，我從來不關心他，不看重他，也不多說話，自從分頭求學，更加一年說不到三句話，要緊關頭，利用他搭橋扮餌騙他母親，明知他染有毒癮，從來不勸，現在想起，血如冰水。」

「你不知道他的事，在這之前，他與永氏有過一次大衝突。」

「啊！」

「在這件事之前，他獨自留英，常常失去聯絡，你父親自到倫敦公寓找他，與管房開門進去，滿屋煙酒臭味，只見永康莊與一少男睡一起，永氏不懂得處理，急怒攻心，竟把那少男自床上揪起，扯到窗前，推開窗戶，一把將他推落樓，那男子渾身赤裸，倒在街上，骨折，吐血，未能站立，永康莊大叫奔下，把永氏逼到一角，咬牙切齒說：『從此你我沒關係』。」

自在驚聞此事，雙手掩嘴，「我竟不知道。」

「這事知道的人其實不少，只不過你沒把他們當家人，他們也不當你是親人。」

「我見到的永康莊，完全沒有異樣。」

「不久，那少年覺羞恥，自殺不遂，他們說永康莊一直沒有恢復過來，消沉糜爛令人害怕，每夜在酒吧留戀，不論男女全帶回家……終於，永氏又勒令他回家，他未能獨立，也只得聽從，掩飾極佳，但終於出事。」

自在眼淚自指縫流出。

店東聽不見兩個年輕人說些什麼，忽見少女流淚，心知不妙。

他送兩支啤酒到他們桌上，訕訕說：「店裏請客，青島最香。」

柴犬喝一口，「我想說的就這些，你別太難過，永康莊瘋狂摧殘自身，不是你的錯。」

「你要去哪裏？」

「東南亞始終比較適合我與弟，像石子混沙灘裏，不易察覺，等妹泰出來再說。」

自在把手袋裏厚厚一個信封取出。

犬說：「你別擔心這個。」他推回去。

自在站起緊緊抱住他。

他把下巴放在她頭頂，「你知我愛你。」

「我也是，犬。」

他吻她額角，「好好生活，做你的大小姐，你前程沒有障礙。」

「有，那是我的才能與我的目標有距離。」

「好好生活。」

他騎上機車，引擎咆哮駛走。

店主看着柴犬背影，鬆口氣。

但少女又回到原先座位，靜坐喝啤酒。

終於，司機忍不住，「小姐，該回家。」

店主乘機收拾枱面。

忽然有聲音說：「不妨，我陪她多坐一會。」

一看，是丘督察，司機只得回到車上。

店東吃驚，險，前後腳。

丘山叫兩瓶啤酒。

他說：「保母說你在這裏，我連忙趕來。」

吃一碗麵都有一隊兵陪着，真好笑。

自在臉容愁苦，像失去永遠不能挽回的東西。

「心裏的話，可以說出否。」

她不回答，呆呆坐着，微微晃動身軀，像一個自閉症孩子自慰。

「可憐的自在。」

她的災後創傷症候根本沒有痊癒。

丘山緊緊摟住自在，「我們回家。」

司機打開車門，載他們離去。

東主呆半晌，拉上鐵閘，打烊。

希望下次見到少女，她會展開花一般笑靨。

不到一星期，永氏機構保安全部換過指紋辨認。

說也奇怪，別的公司聞說，紛紛效尤。

這一切，彷彿都與柔美無關。

她也愁苦，告訴大姐自在：「我去探訪母親，她胖許多，穿着療養院給的寬袍子，跑來跑去，揮舞雙臂，說是做體操，好似很舒泰樣子，可是看護告訴我，每當深夜，她會起床到處走，輕輕說：『我本姓林，我是林妹妹，去，把他們都殺死。』」

自在不寒而慄。

「她娘家的人說她關出病來，舅舅要她出院，她連走近大門都不願。」

自在不作聲。

柔美說出心底話：「有這樣一個瘋婦母親，即使嫁妝億萬，也嫁不出去。」

自在真心安慰她，「不怕，只要有妝奩，大家白白胖胖，丈母是火星人也不打緊。」

「真的？」柔美抹眼淚。

「當然，你要向夫家拿好處，人家也自然斤斤計較，你大派禮物，人家歡喜還來不及。」

「自在，你也不愁嫁不出？」

自在啼笑皆非，不過嘴硬，「嘿，你姐姐我把適齡才俊抓一把在手心，吹掉一層才慢慢挑。」

「那你為什麼還不與丘督察結婚。」

「我不想太急。」

「你都二十——了。」

這時，秘書請柔美聽巴黎電話，她立刻撲出，把自在扔在嫁不出的憂愁裏。

再見丘山，會否善待他？

已經對他很好。

一直以來，永自在都有個計劃，讀好書，找一份正當與家族生意無關工作，自給當然不足，但相信永氏會給予一些嫁妝，起碼一房一車，也許還有現款，屆時，她便可真正自由。

事與願違，人生不如意事常八九，一件意外，推翻整個計劃，學位與妝奩都已得到，她卻將承繼永氏零食公司。

嫁不出去了。

丘山接她下班。

她問：「你氣色不善，什麼事？」

「路督察下月結婚。」

「可有請你喝喜酒。」

「她到洋人丈夫家鄉蘇格蘭舉行簡單婚禮，不打算請客。」

「好呀，不過，你可是後悔。」

「沒有，光追求你已得到極大快樂。」

自在略為感動，「可能沒有結果呢。」

「凡事不是要求答案。」

即是說，丘山毫無悔意，衣帶漸寬也不退縮。

她探近丘山，「你願意結婚嗎？」

他一怔，一時沒會意過來，半晌，才傻傻點頭。

「我的事，你都知道，毋須隱瞞，不必重頭說一遍解釋，還有呢，你失去路明，我覺內疚。」

「還有呢。」

「你強壯有力，肩膀牢靠，遇事冷靜……」自在有點嬉皮笑臉，面孔漸漸靠近。

「還有呢。」

還有就是籌備婚禮。

永家許久沒有喜事。

自在堅拒婚宴，或是教會儀式，不過，永氏仍是永氏，在酒店貴賓廳請了三桌，丘家至親友好佔大半數，永家只有兩人，那是新娘子與新丈人。

之前，永氏親自到訪丘家，送妝奩，當然不是蛋糕餅乾，他知道丘山有弟妹，每人一枚金表，外加西服鞋襪，還有親家夫婦適用黃金擺設，鑲工精緻福祿壽三星，竟不覺俗套。

他精神奕奕，談笑風生，努力拉攏親家，這樣說：「丘家好教養，有這麼一個英挺兒子，甲級學歷事業，又謙厚懂事，永家自在有福氣才嫁得好丈夫，我老懷大慰，請痛惜自在。」

好話像一枚金絲網絡罩住丘家。

自在悄悄坐一角，沒有言語，可愛秀美像洋娃娃。

過幾日，永氏在公司網頁刊一段小小啟事。

註冊後小兩夫妻決定仍然各歸各上班，各自擁有住宅。

丘山一整夜睡不着，興奮，直冒汗，他覺得淒涼，那樣愛一個人，是要吃苦的。

早上，他照鏡子，從未見過有這般大黑眼圈新郎倌，連忙用冰水茶袋敷眼。

他發覺雙手顫抖，連忙叫家人相陪。

司機先接新郎，然後是丘家家長，到永家集合。

柔美穿戴整齊，如小飛仙似奔出，巧笑倩兮，自我介紹，挽着親家母手臂，言語、動作，都似排練過。

丘督察兩名助手前來報喜，「丘sir，消息已經下來，你將調往總部升助理署長，雙喜臨門。」

另一人自口袋取出一隻信封，「這是剛收到急件，說明由丘山先生親啟。」

「勞駕。」

「丘sir看上去很緊張哈哈哈。」

另一人瞪眼，「你笑什麼，再笑永不升級。」

丘山走到起坐間小角落，取出信封細看，身為警官，對任何事都存疑測度，只見是一隻普通馬尼拉黃色信封，比標準尺寸略大一號，快速郵遞，裏邊有小小凸起物體，沒有寄件人姓名。

誰，誰在大喜日子給他送這份禮物。

他打開，裏頭物件用軟紙包裹，一枚黑色小小硬物掉落地上。丘山揀起看，不知是何物，像一隻殭屍昆蟲。

他拿到窗下細看，莫名其妙，驀然一震，驚嚇，一甩手，把它扔到牆角。是一隻手指，不，是足趾，人類截斷足趾乾屍！分明屬於永自在。

啊天下有如此歹毒仇家，緊緊釘住永自在不放，還要叫她添折磨，不允許她忘記。

丘山整張臉漲紅，氣憤得説不出話，深呼吸，走到牆角，拾回那件物體，重新收入紙袋，收到外套裏袋。

這件事，必須由他獨力擔當，這是永自在下嫁原因，做丈夫，一個男人，應當承起。

這時柔美鶯聲嚦嚦，「姐夫，主婚人到了。」

「就來。」

丘山喚近助手，「即刻追查此信封來源，並且，叫鑑證科套取指模及其他，裏邊有一件生物遺件，也得即時對比去氧核糖核酸。」

「明白，與什麼人對比。」

「永自在。」

助手一怔，「我即刻去。」

丘山握緊拳頭，忽然之間，他不再緊張。

註冊順利完成，眾賓客到花園吃燒烤自動餐，女傭笑着與丘氏夫妻說：「親家太太，永先生準備清淡菜式，請到裏邊。」

永氏提高聲線，「丘兄，快來這邊，我有好酒。」

抬出整箱玫瑰香檳。

設想如此，舒服熨貼，不止有財力，也得盡心思。

送客之際每人敬贈一枚金幣，那黃金自有黃金的道理。

大家都祝賀：「百年好合，五世其昌。」

永氏親自站門口送客。

怎麼能不累呢，但只得兩個女兒了。

他同女婿說：「好好照顧自在。」

丘山堅毅回答：「一定。」

他先送自在回家，然後轉往警署。

助手迎出，「信封自南美哥倫比亞波哥大寄出。」

「信封裏是什麼。」

「女性右腳尾趾，約在三至五年前活體截下，刀口整齊，附兩節趾骨，傷者年約廿歲至廿五歲。」

「與永自在對比沒有。」

助手這時接一個電話，「鑑證處答案：吻合。」

「替我連絡波哥大，那邊警方我們認識何人。」

「亞瑪遜流域。」

「正經點。」

「老友記波柏楊警司。」

「替我接視像電話。」

丘山關在房內，與當地警方說了二十分鐘，把來龍去脈講清，並把柴犬與弟泰照片及資料傳過去。

對方笑說：「你沒把二人繩之於法，被他們溜到我處搗亂。」

丘山不出聲。

「信封上可有指紋。」

「一絲痕跡也無。」

「那，叫我拿什麼理由抓他。」

「你在波哥大。」

對方苦笑。

「波哥大有波哥大的法子。」

「我替你把他們搜刮出來，給我三天。」

「我欠你一個。」

「多多合作。」

丘山這時才脫下禮服。

證物組把信封及證物歸還他。

前兩天，柴犬與弟泰還在唐人街小麵店吃晚飯。

弟泰慣例與平板電腦離不開，彷彿黏住，形影不離，忽然，他看到一段新聞，把熒屏轉向犬，「你看。」

柴犬留神，那是永氏機構一段小小啟事。

他耳邊嗡一聲，接着，聽到細碎卡嚓一聲，像冬日晨早，小小水氹結上薄冰，不小心踩上踏碎，平滑冰面碎裂，是，就是那種聲音，除出他自己，沒人知。

體肉精魂彷彿飛離。

弟泰憤怒，「犬，你是怎樣對這個女子，替她揹起罪責，如今五湖四海那樣竄逃，無安身之處，恍如喪家之犬，這是什麼鬼地方，真要在此過一輩子？女人皮膚粗如沙紙，這種好算中菜？我替你報仇，犬，她叫我們不開心，我也叫她不舒服。」

「不得輕舉妄動，且待妹出獄。」

「至少設法回東南亞。」

柴犬一臉倦態，眼睛也睜不開。

「喂，犬，說話呀，你是阿頭，你——」

犬走回住所，在沙發上倒下，他只想休息，如果從此醒不轉是個解脱，也不失是好方法。

弟在一邊仍然喃喃咒罵：「我們三人，本來好好過日子，讀不成書，不要緊，那麼富庶社會，不知多少縫子等着我們鑽，犬妹弟同心，三人豐衣足食，可是郝大腦忽然找我們做一件案子，從此倒楣，我們受奸人所害。」

不知他怎樣計算出，綁匪不是壞人，另有奸人，魔高一丈，陷害於他，由此可知，人之常情，錯的，永遠是對家。

他怒沖沖說下去：「我就奇怪，這件不涉人命芝麻綠豆案子，怎麼幾年來警方一直釘住不放，原來這永自在嫁的，是警方助理署長！」

犬的身軀動了動。

「我出去散心。」

「你別亂走。」

弟，三個晚上都沒回轉。

那魯莽的小老鼠，根本沒有做賊骨頭的料子，他在火車站保管箱取出一件東西，快郵寄出給丘山督察，還來得個聰明，地址由女職員代填，可是，警方若要抓人的話，一定抓得到。

天亮，犬到弟時時留連酒館找人。

答案是：「警察懸紅五千美金，比你先來一步，拉了他走，陣仗龐大，比當年捉阿斯特班還厲害，他拒捕，大腿中一槍，這條街整晚鬧哄哄，結果，在他身上搜出半公斤海洛因。」

犬沉默。

「警方亦有出示你的照片，一個通報電話，我也得五千，你快收拾逃亡吧。」

犬拉低帽斗悄悄到火車站保管箱，打開，只見一張收條，原來存放物件已經失蹤。

收條上寫郵件收取人是丘山。

犬走到火車票櫃枱：「去麥黛林。」

看到櫃枱玻璃上貼着他的照片。

如此大規模搜捕非本土罪犯，甚少見到。

他走上火車卡，坐好。

看到警員四處巡邏。

即使是永自在借丘山督察設下羅網，但急急撞上，卻是弟泰本人。

他那封聰明郵件，害死兩兄弟。

有人上車，坐在他對面。

他用帽斗遮臉。

又有人坐他身邊。

「柴犬子先生，現在懷疑你身上藏有可供販賣用海洛因，請勿拒捕。」

犬鎮靜伸出雙手，被手銬鎖上。

警員用一件外套遮住他雙手，帶他回警署。

丘山在地球另一頭接到消息。

波柏楊警司在那邊說：「我方效率不錯吧。」

他禮貌致謝，「一等一。」

波柏楊說：「你城與哥倫比亞並無引渡條例，你打算怎樣處置，波哥大監獄有人滿之患，原本收容六百名罪犯的設施，現在要安置二千名。」

「他們不是藏有毒品嗎，就在你處住上三五七年。」

「丘山，這件事若果有人追究，你的前途——」

丘山忽然笑，「波哥大是你的地頭。」

「丘山，你不是那樣的人。」他訝異。

「你太高估我。」

丘山掛線，把專用電話放進碎紙機，軋成一片片。

從此之後，這兩個人，再也不會騷擾永自在。

一日，丘母問長子：「打算今年要孩子嗎？」

一想起幼兒胖頭胖肚胖腳，她情不自禁咧嘴笑。

「哪有這麼快。」

「準備一下，也差不多。」

「媽你負責半夜起三兩次餵奶否。」

「我是求之不得，只怕永家不答應。」

「叫孩兒姓永呢。」

本是一句玩笑，但丘母竟鄭重考慮：「永家可憐，失去男丁，倘你生育三名男嬰，那麼，給個姓永，倒也是好事。」

丘山啼笑皆非。

事實上，他不能向別人，特別是父母，透露他與妻子不同床不同房也不同屋，他也不打算催逼自在，他們最親密動作，不過是自在輕輕靠他背脊，臉貼住他後頸。

自在還需克服許多心理障礙。

丘山也一直懷疑，永自在被綁架，肉身失去的，不止是一隻足趾，心理創傷，更不可彌補。

丘母對媳婦讚不絕口：「真是好女孩，有品德有學識，靜靜坐一角，聽大人説話，晶瑩皮膚可愛微笑照亮丘家，那是月亮光芒，絕不刺目，柔和清麗。」

親友一想，果然如此，連他們在過年過節都收到永家得體禮物，不過，「幾時生孩子，不會不喜歡孩子吧」。

「別誤會，她時常到社區中心託兒所幫手。」

這是真事，幼兒們哭鬧臭，永自在全不介意，笑呵呵替他們掛上牌子，一起到溜冰場，才一兩歲，剛會走路，已穿上冰鞋戴妥頭盔，扶住支架滑來滑去，管理員本想反對，卻見孩子們滑得頭頭是道，蔚為奇觀，哈哈笑，「家長們，當心孩子。」

玩罷自在替一個小女孩脫掉頭盔，她兩綹頑強沖天炮彈出，自在笑得跌坐在地。

她思索整個晚上，對丘山嚅嚅說：「幼兒，真可愛。」

丘山心中暗喜，但不動聲色，「你想清楚了，小時真奇趣，頂多維持十年八載，騙我們仆心仆命，一旦成為青少年，都說會氣得父母翻白眼。」

夫妻笑作一團。

一齊看過生育醫生，觀賞生育真實過程影碟，兩人嚇得臉青唇白，同心合意說：「過一陣再說」，一起批評人類進化繁殖有大紕漏，「為什麼那樣痛」，「皮膚腹肌竟承受得了」，「子女不孝，沒天理」……

生活正常愉快。

自在這樣說：「這是我一生之中，最快活歲月。」

「胡說，以後更快樂。」

「丘山，你真樂觀。」

丘山自身承擔着知道真相的壓力，the burden of knowing。

一日，他找檢察官宋佳。

「宋女士在大學向法科二年生講課，你可去該處見她。」

找到演講廳，座無虛席。

丘山坐後座，沒聽一會，就訝異變色，宋佳在說的例子，正是永自在被綁架案，人名雖經更改，但此案獨一無二蹊蹺，一聽就知。

他心裏說：宋佳，你缺德。

但她是檢察官，案子已刊在法律文告裏，並非私隱，人人可發表意見。

他也想聽聽她說什麼。

宋佳說下去：「我是滬人，自幼聽舅父講過一則笑話：一個人，去到街市，向魚販買黃魚，還未付錢，即說『我可否換帶魚』，魚販應允，該人拿了帶魚便走，魚販叫：『喂，你還未付錢』，那人回答：『這帶魚是拿黃魚換的』，魚販：『黃魚也是我的』，那人：『我又沒拿你的黃魚！』」

學生們聽了大樂，哄堂大笑。

宋檢察官問：「你們說，這件案子，到了庭上，該怎樣判決。」

學生們紛紛發表意見：「那人混吉，是個騙子，騙去帶魚」、「可是，庭上講邏輯紋理，他沒有搶」、「兩條魚都不是他的！」……

這時，宋佳看到丘山，點頭。

一個學生說：「真實案件中主角那被綁架富家女，應負串謀盜竊刑責。」

「沒人證、物證。」

宋佳說：「你們慢慢討論，下週我來聽答案。」

她走近丘山，「找我？」

「你就是不能忘記此案。」

「你行嗎？」

丘山不出聲。

「找我何事？」

「那妹泰關在獄中，意外，行為良好，並正攻讀中學五科文憑，成績中上。」

「我也聞說，那即是說，他日釋放，她會有中學或預科程度，可申請社署等工作。」

「你覺得她會獲得新生。」

「每個人都應得到二次機會。」

「這樣的人，會變好否。」

「丘助理署長，你有偏見，你確信永自在無辜，更屬偏私。」

「宋佳，你若是男人，我揍你。」

「早已同工同酬，不用客氣。」

「我擔心此女釋放，會來尋仇。」

「她扳不動賢伉儷。」

「暗箭難防，聽説時時練槍，可否帶自在一起。」

宋佳看着他，「丘，這是個壞主意。」

「她已在學詠春拳防身。」

「她家有保鏢司機。」

「我們正打算要孩子。」

「恭喜，更不應接近暴力。」

「可是，敵人會拿起刀。」

宋佳訝異，因愛故生怖，丘山失卻慣常理智鎮定，她拍他肩膀，「請放開懷抱，如常過日子，我是一個檢控官，這些年來，不知提訴多少疑犯，若要驚怕，那根本不敢在街上走，請處之以淡。」

丘山勉強點頭。

「努力生產小市民。」

一日，兩夫妻探訪長輩。

有一份禮物，丘母拆開，見是一件細小T恤，莫名其妙，忽然看到衣服胸前寫着「祖母，你好」，一怔，想一想，忽然明白，大笑，擠出眼淚，手舞足蹈。

那種真純的歡暢，叫自在感動，永家從來沒有這種情操。

丘母握住自在手，「辛苦你了。」

丘母眼紅紅，「自在，想吃什麼，告訴我，親手替你做。」

這是一個必定會被寵壞的孩子。

看到超聲波掃描圖樣，自在嚇得哭，丘山感動流淚，看護取笑他們不爭氣，「最多不過兩代之前，孩子像自籮裏倒出，家家有三五名，毫不稀奇，該讀書自學，否則做一門手藝，從不問兒童心理，興趣志向，長大已算大幸，那像今天，孩子當祖宗，沒出生已捧在頭上膜拜。」

柔美知道消息，有空便把耳朵伏在姊姊肚皮，聆聽胎兒動靜。

永先生不在本市，聞訊也高興，準外公請人做了幾套小小唐裝及虎頭帽虎頭鞋送去。

「是男胎嗎？」

「是男孩。」

「幾時生？」

「明年六月。」

「哎呀，夏天可以做小光豬，一身肉，多可愛。」

柔美悄悄與姐姐說：「人年紀一大就口不擇言，有點猥瑣，孩子也有尊嚴，怎能動輒露肉。」

助手答：「我家大人都愛擠在浴室看嬰兒洗澡。」

「太不堪，大人甚不檢點。」

這樣開心，難免不知時日過去。

只有丘山，夜靜，想起心頭那根刺，不能安眠。

自在懷孕，像其他所有婦女，相當辛苦：所有美味海鮮，都不讓吃，可以吃下肚食物，不到十分鐘，全部嘔吐，眼淚鼻涕，相當醜陋，這才發覺，嬰兒的可愛，建築在母體痛苦上。

自在對丘山說：「怪不得鮭魚產卵後隨即死亡，因外形變得猙獰可怕，活不下去。」

保母每天幫她腹背擦油膏防妊娠紋。

自在又說：「正面上油，可以理解，背脊為何要一視同仁。」

「全身滋潤。」

「可有功效。」

「愛惜珍貴你呀，當然見功。」

三日後，嘔吐停止，胃口大開，獨自一口氣可吃整隻四吋蛋糕，那還只是點心。

婦科醫生大吃一驚，「一個月胖八磅，丘太太，你需節食，否則血壓上升。」

永自在好脾氣，嘻嘻笑。

她與保母每日到公園散步，一邊閒談。

「孩子叫什麼名字」，「一般都讓祖父命名」，「永家三個名字都好聽」，「名好命不好」，「唉，別這麼說」，「保護柔美」，「總會失戀一兩次」，「在永家大風大浪中，失戀算是什麼」。

「柔美母親近況如何。」

「永先生與殷律師談過，覺得海南空氣好，想把她送往該度假區休養。」

呵，放逐。

「本市記者群過一陣便到療養院探頭探腦，然後大作偽文，指病人已經精神失常，每晚在梯間如鬼魅般跳舞唱歌，令其他患者不安。」

「她有遠房表妹，願意受薪看顧，當然還另加護理人員。」

「可還認得人？」

「看她心情如何。」

「柔美是一定認得吧。」

「偏偏就是不認得柔美，一連幾次，都問她：『父母親好嗎，替我問候他們』，又說：『你是乖孩子，懂禮貌，前來探訪』。」

「一下子退化到這種地步。」

「也有些日子，健康的人不察覺，是柔美簽署把她送走，柔美是她唯一合法親人。」

「柔美廿一歲了。」

「可不是。」

「她沒對我講及此事。」

「你有孕，大家不敢驚動你。」

「不久我也變癡呆人。」

「啐，啐。」

「柔美廿一歲如何慶祝。」

「將送往歐洲整一年遊學，還有，名貴跑車一輛。」

「他們都喜歡超級跑車。」

「神氣嘛，可到處招來艷羨目光，痛快。」

柔美動身。

「姊，可要給你帶回什麼？」

「漂亮閃亮雙眼小鬍髭一名。」

「我告訴姐夫。」

「法籍男子真漂亮，五官泰半書卷氣，衣着考究斯文，牛仔褲都熨出直紋，法語動聽，發音複雜細軟，一聽便知有文化，少女階段，最希望有法籍男友。」

「姐夫知道否？」

「他何須知道那麼多事。」

「我會想念你。」

「路上當心，柔美，不要乘搭順風車，歐陸已成恐襲目標，你醒定一些。」

「自在我愛你。」

「我也是。」

此刻，也只餘自在與柔美二人。

送柔美上飛機，才發覺有一個漂亮高大男生跟她一塊起程，叫人羨慕，人不風流枉少年，有條件有機遇，當然得好好享受。

那男生見自在，連忙除下墨鏡以示尊重，呵，一雙會笑眼睛，驟看，有點像柴犬。

自在微笑凝視。

稍後兩個年輕人出發。

保母輕輕說：「永先生變了一個人，現在什麼都不反對。」

「羨煞旁人。」

「你與丘督察也可以隨時成行。」

「丘沒有情趣。」

「這如何說法。」

「譬如說，到了維尼斯聖馬可廣場，忽然大雨，丘一定喊走。」

「那當然，否則怎樣。」

「懂得生活的男伴，會得買一把傘，或是脫下外套為女伴遮頭，微笑瑟縮雨下，腳踏一吋雨水，輕說：廣場地面五百年前用三十餘種大理石拼成，顏色花紋真正美麗，然後，就那樣站雨中半小時，聽歌姬如泣如訴演唱蝴蝶夫人。」

保母倒吸一口氣，「有那樣的人嗎？」

自在不出聲，她不能說：有，但他是一個賊。

丘山不知妻子嫌他乏味。

助手報告：「丘督察，那名犯人將於下週一釋放。」

這麼快！

「派人廿四小時跟住她。」

下屬不便多問，「知道。」

丘山嘆口氣，捧住頭。

每日均有報告回轉。

釋囚於週一上午九時步出懲教署，孑然一人，只攜一隻紙袋，想是發還的入獄時隨身物件，沒有任何人接她，她也並不等候，走到附近公車站，低頭，上車，往市區。

附着攝錄片段。

妹泰比從前精瘦，木無表情，舉止鎮定，並無異樣。

她到西區租一層小公寓，付了整年租金，看樣子打算在該處安頓。

然後，約會幾個熟人，有男有女，在咖啡室以英語談很久。

談話期間，她幾次露出激動之情。

猜想是得知柴犬與弟消息。

助手說：「找到專家讀唇，有兩句關鍵對白：『他倆身在何處』，『在波哥大黑獄，判十年監禁，弟一腿受槍傷沒治好已成跛子』，其餘時間背着鏡頭，未知說白。」

她在打聽二人下落。

「上司，人手調派問題——」

「再跟廿四小時。」

「明白。」

——妹泰往求職處找工作，該處服務員努力輔助，她在護老中心得到一份清潔工作。

助手訝異：「她有能力付整年租金，為何還需要工作。」

「工作地點，可能作聯絡站。」

當然，丘山沒有把事情告訴妻子。

自在仍在永氏機構工作，頗有成績，連永父都覺意外。

「丘山對你可體貼。」

「百分百，他們整家都和善。」

永氏沒透露他幫丘家次子薦入美國銀行工作，當然，大門打開之後，還得靠他自身努力。

「公司有什麼特別的事。」

「採購部金大本收取回佣，對方換了新總管，不習慣這種手法，寫一封信到我處，這種事可大可小，金大本是老臣子，不明白新一代思維，狀紙告到廉政公署，吃不消兜着走。」

永先生微笑，「你看你這番話老氣橫秋，彷彿長大了似，金大本這件事由我處理。」

「如何做法。」

「勸他退休，給一筆獎金。」

「還有獎賞！」

「息事寧人。」

自在想一想，「父親說得有理，以退為進，聽父一席話，勝讀十年書。」

真長大了，油滑腔調不輸其他員工，永先生大樂。

自在與丘山通電話，「下班如有興趣，可一起採購嬰兒用品。」

「我正想問，幼兒睡誰的公寓。」

「家父說三口子分開住不像話，他替我物色較大住所，一家一起住。」

「我真的入贅永家了。」

「連保母家務助理一家五口，忽然變大家庭，稍後我來警署找你。」

放下電話沒多久，助手進房，「上司，有一位妹泰女士找你。」

丘山一凜，「請她進來。」

這句話，叫他後悔一世。

妹泰衣着樸素，頭髮剪短，不施脂粉，與先前判若二人，見到丘山，微微鞠躬，「丘處長，你好。」

丘山說：「先坐下，有話請講。」

妹開口：「我已打探得柴犬與弟下落，請丘先生高抬貴手，幫忙打救。」

「他倆潛逃，不在本市。」

「我知他們在哥倫比亞波哥大。」

「那是毒販擁有飛機潛艇的九反之地。」

「丘先生，請打救他們。」

「本市警方沒有能力，雙方亦無引渡法例。」

「丘先生，你能把他倆關進去，一定可以——」

丘山霍一聲站起，「你說什麼！」

「丘先生，我保證他倆出來之後遠走他方，再不出現。」

「你們三人不住在永自在身邊兜轉，沒完沒了，滿嘴謊言，照說，無論哪一個道上都講究信用。」

「最後一次，求你了，丘先生。」

妹泰演技自然一流逼真，也許，是真情流露。

「我曾探訪過一次，那地方，實在活不了人，花錢才有三餐，弟一條腿已廢，犬染上肺病，整日咳血，丘先生，我走投無路，呼天不應，才厚顏找你幫忙。」

話還沒說完，門推開，永自在進來，一邊說：「我早下班——」

看到有外人，她站住。

妹目光銳利，一眼認出是永自在，「永小姐，你來得好。」

她一手推上門，「怨有頭，債有主，是我們對不起永小姐在先，我們欠你一枚足趾，這樣吧，今日還你，求永小姐高抬貴手，救我弟一命。」

永自在瞪着這女子，這時才認出她是妹泰，一時沒想到會在警署見到，驚嚇，退後三步，說不出話，本能雙手護腹。

丘山連忙擋在妻子面前，按動警鈴喚人。

說時遲那時快，妹泰自身邊取出一枚小小利刃，攤大左手，啪一刀切下尾指，鮮血四濺。

丘山不防此着，雖然經驗老到，見慣血光，但事出突然，頓時呆住。

這時警員衝進房間，見到現場情況，急緊反應，忙召救護車。

丘山身後的永自在一聲不響，只是發獃，丘山叫女警帶妻子往會客室暫避。

救護人員趕到，替妹泰包紮，拾起斷指，希望可以駁回。

房間濺滿鮮血，助手驚疑不定，「阿頭，這女子是誰，怎會准她進來。」

丘山無言以對，是他低估情況，小覷這釋囚，這是警務人員大忌，他一身冷汗。

助手說：「阿頭，此事由我處理。」

他以為是該名女子與丘太太爭風喝醋，激動下爭執動用利器所致，不可外揚。

丘山忙去照顧自在。

自在一聲不響，狀若無事，由丈夫送回公寓。

深夜，她起床喝水，忽然乏力蹲下，看到地上有血，她疑是眼花，半晌，才發覺是自身失血，倒臥地上。

這時，留宿照顧的丘山驚醒，喚來保母。

保母有經驗，即時叫救護車。

在急症室，永自在已處半昏迷狀況。

雙手按着腹部，像是要保護胎兒。

主診醫生對丘山說：「胎兒心跳已經停頓，需剖腹取出。」

丘山麻木簽署文件，坐到一角，漸漸，他恢復鐵漢本色，吩咐保母，「回家做些自在喜歡的紅豆紅棗湯。」

他獨自坐會客室，鎮定沉思，握緊拳頭，指節發白。

手術很快做妥，醫生鬆口氣，向丘山報告，「母體無恙，你們還年輕，可繼續努力，切勿氣餒。」

丘山點頭。

隔一會，他探訪妻子，永自在臉色很差，但語氣如常。

她輕輕說：「對不起。」

「怎麼會是你的錯。」

自在這樣答：「一定得有人承認過失，那當然是我，是我結下的怨。」

丘山低頭吻妻子雙掌，忽然落淚，淚水大滴滾燙，他真的到了傷心時。

看護說：「讓丘太太休息吧。」

丘山站起，回警局；深夜仍在辦公室，他部署下一步行動。

他心中只有仇恨。

怒火叫他不眠不食亦精神充足。

助手進言：「丘你且回家梳洗休息，這裏有我們。」

這時，丘山的上司喚他面談，他當然還有上司，那上司都還有上司，那是局裏層壓式制度。

他連忙應召。

上司鐵青着臉，「最怕女人到辦公室鬧事算賬，你怎會攪出這種醜事！」

丘山無言以對。

「你休假三星期，到事情平息。」

丘山答：「Yes sir, sorry sir, thank you sir.」

「去吧。」

丘山回到自己辦公室，累極靠到椅背。

助手問：「怎樣？」

他一聲不響取過外套離去。

第一件事，到理髮店，剪一個平頭。

然後，回家，洗刷乾淨，去淨晦氣。

得到醫生同意，接自在回家。

他蹲在妻子身邊，不眠不休足足服侍她兩個星期。

這段時間，外邊並無動靜，自在漸漸可以起床行走。

到底年輕，身體有能力康復。

一個下午，她緩緩吃紅豆甜湯，丘山回來，她叫住丈夫，「我有話說。」

丘山趨到她面前，已有不吉之兆。

自在開口，語氣和順，「丘山，我們分開吧，我已在殷律師處簽分居書，你去加一個名字。」

丘山這一驚非同小可，心都涼了，腰間像被人插一刀，感覺是活着也無意思。

自在緩緩站起，「我累得眼皮都抬不起。」

她輕輕走回寢室。

保母走近說：「自在心情欠佳，你凡事莫與她計較，讓她安靜一陣再說。」

丘山撲往殷律師事務所議論。

他傷心過度，渾身顫抖如一片葉子。

殷律師對他說：「丘，控制你自己。」

他伏在桌上。

「我不瞞你，老老實實對你說，永自在心意已決，她感激與你相處這一段日子，但深覺已屆分手時限，不但簽了分居書，也簽妥離婚書，你若願意爽快分手——」

「你替我求求自在。」

殷律師給他一杯拔蘭地，「丘山，你是助理署長。」

丘山緩緩鎮靜。

「雙方已無牽無掛，請你給她留下好印象。」

丘知道已無希望繼續，殷律師瞭解永自在。

「自在貌似柔弱，實在決絕。」

其實丘山也一早知道。

他選擇在分居書上簽署。

「一年後再回來簽另一份。」

數日之間，他變得一無所有。

助手也難過：「丘，真沒想到。」

「過去的事別提了，第一件事，替我把那女子找來。」

「這……這不大好。」

「叫你去便去。」

助手只得派手下尋人。

線人在老人院找到妹泰，斷指已經駁上，仍做清潔工作，正在洗廁所，護理院都有一種悶臭，久留的人不察覺，訪客往往吃不消。

「他說，你知道他為什麼找你。」

妹泰緊張答：「是，是。」

線人看了看她，「我可以介紹你到酒吧做，或是賭館，你那讀牌法術，一定用得着。」

妹連忙去告假。

那天傍晚，她已站在丘山面前。

他們在一間小咖啡店見面。

丘山示意她坐下。

兩人相對，好一會都沒說話。

終於妹泰先開口：「可是有希望。」

「你想幫他們兩人出獄。」

「不錯，求你出手。」

「任何地方，越獄均是一件困難的事。」

「請你說出條件。」

「在那邊，被越獄卻相當簡單，月黑風高晚上，有人開了鎖，走出去，也就是了。」

「請問有何交換條件？」

「為什麼你不早些收手？」

「我不知天高地厚，我不該得罪你。」

「事成，你們幾個人，請勿在我面前出現。」

「這便是條件？」

「不錯。」

妹泰忽然跪下，向丘山叩響頭。

「你回去等我指示。」

妹泰一聲不響走開。

丘山緩緩把咖啡喝完才回警署。

上司在辦公室等他。

「丘，我已知你失去胎兒，節哀，從頭來過。」

「你不知妻子已與我分手吧。」

「什麼，丘，禍不單行，我肯定她心境平復會有轉機。」

「我不懷希望。」

「丘，不管錯對，跪在她面前求她饒恕。」

丘說：「還有一件事：這些年來，蒙你錯愛——」

「不！」

「請准我辭職。」

「局裏很少挽留員工，丘，你是例外，先前叫你休息也是好意，你現在需要寄情工作，否則你一無寄託。」

「我打算到學校進修。」

「你再想清楚，即使婚姻失敗，也不必全盤放棄。」

該上司是一個好人，他頓足不已。

那夜，丘山把車駛到郊外，停在公園，與波哥大那邊朋友通話。

他輕輕說出計劃。

那邊沉默一會，「發生了什麼？」

丘山毫不隱瞞，把妻子受驚失去胎兒，要求離婚，他已辭職一事說出。

那邊也懊惱，「那幫老鼠不知收手，真正可惡。」

「那毒瘤越長越大，邊沿又長出密密麻麻小瘤，真正噁心。」

「在我們這裏，發生意外，也不算稀奇。」

「你請替我安排一下。」

「丘，那你欠我，為數頗巨。」

「明白。」

「過來幫我訓練部隊。」

「你太看得起我。」

「丘，現在收手也不太遲。」

「你是我老友，你知道我。」

那邊掛上電話。

兩家長輩知道消息，欷歔不已，尤其是丘母，痛哭一場，「丘山沒福氣」，

丘父嗒然，名字都想好，中空寶。

自在見殷律師，叫她眼前一亮，短髮適合自在，她穿名貴低調深色西服，牛

津鞋，唯一顯露身份是手上黑色鱷魚皮手袋。

殷律師由衷稱讚：「真漂亮。」

「都殘花敗柳了。」

殷律師笑，「別亂用成語。」

「簽署了嗎。」

「愛你當然順你意。」

永自在吁出一口氣。

「丘是好人，將來，你也許會後悔。」

「我現在已經懊悔。」

「將來你是永氏機構主管，聽說你們在零食盒子贈送小玩具，行家說，永氏自家設計精巧可愛，共十八款，根本當玩具售賣都能賺錢——你做得很好。」

「哄攝小孩而已。」

「我手下就在收集，林林總總，擺在電腦屏上逗趣。」

兩女靜下來。

「當初為何嫁給丘山。」

「我要求他辦事。」

「代價過昂。」

「可惜我不適合家庭生活，這點我與柔美相像，她在歐洲快活似神仙。」

「柔美倒也沒閒着，她在寫一本遊記，題材特別，每到一個都會，便訪問該處中菜館，不論大小平貴，吃幾道菜，問店主流落異鄉酸甜苦辣。」

「她打算自費出版吧。」

「那當然，圖片精美，費用不少，我讀過片段，相當有趣，在那不勒斯有個河南小青年只會做津白肉絲麵，用三輪車推着賣，可是生意滔滔。」

「柔美仍與那男孩在一起？」

「她放肆表示：那麼多男子，那麼少時間。」

殷律師有大量柔美相片，自在一一欣賞，柔美襯着歐陸美景像一朵花，自在也年輕過，但從未擁有如此驕人肆意青春。

柔美各方面都比她優秀，尤其懂得生活。

「可要叫柔美回來。」

「不用，稍遲父親七十大壽，她必須回家。」

「永先生七十了嗎，真看不出。」

「你沒有仔細看而已。」

「自在你如此洞悉世情，做人再也不會高興。」

輪到自在拍拍殷律師背脊。

回到公司，自在喚人送一批限量版小玩具到殷律師辦公室為白領女慰寂寥解煩悶。

她每天都工作到很晚，差不多最後一個走，有時，洗把臉，再繼續努力。

自在不知丘山已經辭職。

他再次接觸妹泰。

這次，在沙灘休憩處。

微雨，可是沒少了興高采烈的弄潮兒。

他一早買兩隻熱狗兩瓶水，與妹泰一人一份，十分周到。

妹問：「有日子了嗎？」

他回答：「你可願往當地一轉。」

「我做得到。」

「記得，不露聲色，下飛機後入住小旅館，租一輛車子，到監獄接載入口，時間地點，稍遲當地有人通知。」

妹泰不住頷首。

丘山臉上一絲表情也無。

妹泰站起，「謝謝你，丘先生，之後我們會好好藏匿。」

丘山這時問：「為什麼還念念不忘他們二人？」

「一個是弟，一個是愛。」

「他並不愛你。」

「我知道。」

丘山忽然嘆氣，妹泰接駁手指處腫起一塊，只略可活動，到底不比從前。

妹泰向他鞠躬離去。

不久，那邊有消息，說實地點時間。

他知會妹泰：「有人會帶你往該處等候二人。」

「為什麼在大白天。」

「那不是我地頭，我不好問，亦毋須知道。」

「明白。」

「我與你以後，再也不必聯絡，祝你一帆風順。」

妹泰滿懷希望，出發往當地。

這是長程旅途，往北太平洋出發，在夏威夷停站，再往哥倫比亞。

飛機場海關人員看她一眼，「這裏不需要你身上厚外套」，妹泰何等機靈，立刻脱下，摺好，輕輕放在櫃枱，關員立刻愉快蓋印，讓她過去。

有人接她，同文同種，個子矮小年輕人，毫無特徵，舉着紙牌，寫一個「妹」字，她迎上，接頭人設想周到。

年輕人一言不發，帶她到停車場，登上半新舊貨車，駛到小旅館，這樣說：「一小時後接你辦事。」

妹泰進房梳洗，在小鏡子看到自己容顏：皮膚粗糙，眉梢眼角，牽動細紋，早已不復當年那巧克力奶似甜美容貌。

她梳好頭，抹上潤膚油，換一件裙子，默默坐屋裏等，聽到一顆心卜卜卜那樣跳。

她當然一早知生涯艱難，沒想到會到這種地步。

她已不懂哭泣，只握緊拳頭苦捱。

小房內沒有空氣調節，她又出一身冷汗。

有人敲門，她打開，是適才那年輕人，他給她一支香煙，她吸一口，稍微鎮定。

「出發。」

「就今天，此刻？」

「速戰速決。」

「接到人之後往何處。」

「已準備妥旅行證件，送你們往火車站。」

「可以看一看新護照否。」

年輕人十分爽快，掏出兩本小冊子，看封面，是毗鄰厄瓜多爾護照，裏邊有犬及弟照片。

妹泰至此不再懷疑陌生年輕人。

「這一本，是你的，不能再用以前那款。」

都想到了。

「謝謝你。」

「不用，我只是聽差辦事。」

車子駛出，年輕人一路向她介紹風土人情，「本國其實物質豐富，不乏礦產種類，你聽過哥倫比亞祖母綠吧，價值連城，但是——」他怪政局不穩，政要不公，故此民不聊生……

不到三十分鐘，車子停在一座灰色三合土建築物前，房屋也有凶相，這幢就是：不見窗戶，沒有設計，四四方方，像一隻盒子。

他駛進廣場，朝守衛點頭，像是熟人，妹泰雖然見慣世面，但這種大場面還是第一次，她的心直沉，啊，這次出了生天，非得好好活下去。

車子在狹小橫門停下。

該處有人搬運糧食，進進出出，甚為繁忙，若干貨車正在卸貨。

妹泰咬緊牙關守候，不久，她看到幾個穿搬運工人服飾的人走近，其中兩個，身形熟悉，她知道等到了，身上向前傾。

兩人迅速登上車子後座，還沒看清二人容貌，年輕司機已取出毯子，「伏下！」覆蓋兩人身軀，接着，把車子駛走。

經過兩道大閘，均有人荷槍實彈守護，但當作看不到他們車子，通行無阻。

真沒想到如此順利便當。

駛離建築物，妹顫聲問：「犬，弟，說句話。」

後座的人問：「我們真的已經出來？」

聲音沙啞，乃知是犬。

妹聽到弟飲泣，本來他最兇狠，現在他最軟弱。

她伸手到後座，握住弟的手，「弟，我來遲了。」

車子疾駛。

犬掀開毯子一角，妹泰看到，已有心理準備，仍然吃驚，只見他臉上臂上全是新舊疤痕，不住咳嗽，這哪裏還有犬的影子。

他啞聲乾笑，「我們要——我反抗——」

妹泰說：「好了好了。」

車子往郊區駛去，不久停下。

年輕司機說：「我得方便一下，你們可有需要？」

三人搖頭。

「那麼，請在車內稍等。」

妹泰爬到後座摟緊兩人，淒苦凝望，說不出話。

司機下車，他們聽到啪一聲車門鎖上聲響，三人即時醒覺抬頭，「幹什麼！」

只見司機狂奔遠離車子。

妹泰第一個明白過來。

她緊緊握住犬與弟雙手，悲哀說：「是我想得太好，現在我知道了。」

只有弟狂叫撼門。

犬異常鎮靜，把妹護在懷中。

這時轟一聲，汽車着火爆炸，火團竄高，大白天，看得清清楚楚，不過，比起夜間，又不那般矚目。

那年輕司機面不改容，隔街觀火，取出電話，這樣對主使人說：「辦妥。」

黑獄裏囚犯常常失蹤，不是奇事，要劫獄的人同時消失，倒要花一點腦筋。

這三人國籍不明，用的全是假造證件，不知從何查究。

那天中午，獄卒開鎖，走進六人囚室，指着柴犬說：「你，出來。」

一室沉默，知道凶多吉少。

有人與犬握手道別。

犬靜靜跟後邊走出囚室，問話，掙扎，均屬多餘。

到了小房間，意外看見弟已經等候。

「更衣，在這裏等。」

弟見到犬，顫聲問他：「可是要處決？」

獄卒答：「你們要離開這裏了，有人在外邊接你們。」

兩人四手緊握，不信有這種變化。

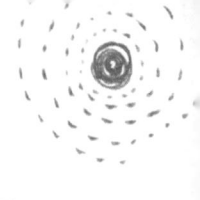

他們連忙換上搬運工人灰色骯髒衣褲。

犬與弟已有一段日子不見，忽忙間不知說什麼才好，真要出生天了嗎，眼神説盡一切。

有人打開鐵閘。

一重重門打開，一共三道，盡聽到轟隆轟隆聲響，「出去吧。」

他倆見到天日，弟跛着掙扎跑出，犬挾着他，忽見一輛小貨車司機伸手大動作招他們，車廂前坐着一個女人，妹泰！

接他們的是妹泰。

兩人跳上車，激動渾身顫抖。

隨即，聽到妹泰聲音。

那時，即使機靈如柴犬，也沒想到其他。

他一邊咳嗽一邊想，能夠再呼吸自由空氣，一切都值得。

心想到那一日，天氣好得不得了，大太陽，他光着上身在露台懶洋洋曬太陽，忽爾接到郝大腦電話：「犬子，提攜你發財。」

妹泰擠到他身邊聽電話。

「很簡單，你們每個人頭分一百。」

「一百什麼，一百毫子？」

「一百萬。」

柴犬坐直，雖說通貨膨脹，一百萬早已今非昔比，但畢竟還是一個體面數目，派得上用場。

「要做什麼。」

「自大學附近把一個少女帶到我替你們準備的木屋，囚禁兩天，再放走。」

「大腦，這叫綁架，罪重。」

「抓到才是，沒人叫你傷害她，蒙着眼，餓兩天，收到贖金，即成事。」

犬有點躊躇。

妹泰在一旁打手勢，求他應允，犬知道妹需要一筆款子替親人治病。

「喂，何用考慮那麼久，不做我找別人。」

妹泰大聲答：「做！」妹還欠一筆賭債。

大腦說：「還是女子爽快。」

這便是事情起端。

車子飛馳，妹伸手握住他手。

犬長長嘆一口氣，他已覺逃獄經過太順利。

在北太平洋彼岸，也有人收到「辦妥」訊息，他收拾簡單行裝出門。

從此，沒有人再見過丘山。

同事為他舉行臨別聚會，卻不見他蹤影，這麼多年在警署工作，受過他提攜的手下為數不少，都讚揚他盡責、識大體、目光遠，而且有逢凶化吉運氣，這次是怎麼了。同事面面相覷，找到路明，告知詳情。

「近日他氣色非比尋常，叫人擔心。」

路明平靜答：「他一向懂得照顧自身，這段日子，不要騷擾他，切勿刊尋人廣告，尊重他，讓他靜一會。」

「出入境處有他離境記錄，飛機前往東京。」

「如此追索，太過無禮，關懷變成干涉。」

「明白。」

「他想見人之際，一定會見我們。」

「他對父母說，往北美進修。」

路明不再發表意見，最近她忙得不可開交，第一胎即將出世，嬰兒家具尚未購買。

一日，朋友介紹她到一間法國嬰兒用品公司參觀，一套實木小床小桌與椅子，叫她愛不釋手，可是價格不便宜。

店員輕輕說：「我們可以七折優惠，實不相瞞，一位丘太太一早訂下，後來又退訂，她沒說原因，大家也猜得到，希望你不介意。」

路明是佩槍辦公的時代女子，哪裏計較這些，即時決定七折購買。

太陽照樣升起，各人忙各人的。

三個月後，誰還記得誰。即使閒時喝啤酒聊天，也談別的，像巴黎環保排碳會議是否成功，各國收容敘利亞難民，以加國做得最漂亮等等，盡量把題目拉得遠且大，免提私人恩怨。

年底，永氏七十壽辰之前，照例到公司主持季度會議，助手一早調校會議室溫度，搬來永氏慣坐座椅，大家都知道這次會議起碼三小時，自備喝慣提神飲品，保母給永自在準備蜜糖參茶及蘇式小點像一口酥，吃起來不礙眼。

會議進行順利，永氏氣色很好，不愉快家庭事似已丟腦後，精神奕奕，幾個建議恰到好處，但看得出對生意不比從前那般着意。

散會，永氏叫助手打開窗戶透氣。

「永先生，窗戶不能開啟。」

「啊，忘了，怕有人跳樓，都封死掉。」

自在問：「可要知會司機來接。」

「自在，我還有話說。」

自在坐到老父身前。

「自在，我將再婚。」

自在站起，又坐下，「父親，我不能阻止你追求快樂，但不是極樂。」

「你放心，我會立下字據，她不得干涉任何永氏機構大小事宜。」

「父親，七十古稀還行禮結婚，多麼詭異。」

「你不贊成。」

「我反對，不過，你不必理會。」

永氏無味，「書理也這麼猜測。」

這書理，想必是他新女友，好名字。

「幾時我介紹你認識書理，你們會談得來。」

自在真實沒有胃口，又不便拒絕老人家。

「知會柔美回來沒有。」

「每日去一面金牌。」

「柔美現在何處？」

「柔美巴黎度春風，踏盡落花何處去，笑入胡姬酒肆中。」

「命令她當天出席。」

「明白。」

自在送父親下樓乘車，車子緩緩駛近，自在看到車裏坐着一個女子，助手打開車門，自在預備轉身，誰知那女子下車叫：「自在請留步。」

自在抬頭，納罕這女子是誰，她已中年，淡妝，樣貌並不出眾，但有一種氣質，正意外，女子自我介紹：「自在，我是林書理。」

啊，是她。

自在連忙雙手握住，「不敢當，請上車，改天一起喝茶。」

永氏見她兩人有說白，老懷大慰，微笑，到頭來，一個人的要求不過是這一點點。

永自在替他們關上車門。

啊父親終於找到適當伴侶，不再是安琪安娜安妮，她開始替父親高興。

每個星期三是她與心理醫生史密森視像診治對話時間。

史醫生說：「趨近些，讓我看清楚你。」

自在淘氣把面孔貼近熒屏。

「啊自在，你何故蒼老？」

「我心中怨苦。」

「世上有兩種痛楚，一是富足的痛苦，二是貧乏的痛苦，你屬前者，不算真正愁苦。」

「但我感情生活實在貧乏。」

「你不願付出。」

「沒有對象，怎麼託付。」

「愛戀沒有明天，太過顧忌，當然失落。」

「啊，你是說，要像我妹妹永柔美那樣只顧享受今天。」

史醫生哈哈笑，然後輕輕問：「你已淡忘那件事？」

「我的記性，過目不忘，永遠歷歷在目，恍如昨日，因為該項意外，我失去一切，我不再信任人類，我明白到無辜的人，規規矩矩不犯錯，也會禍從天來，我皮肉受到的痛苦有強力記憶，夜半處處痛楚，需服藥鎮住，每日杯弓蛇影，不得安寧，身邊老跟着保鏢，永遠失去自由。」

「你還年輕，可以再婚，忙得不可開交，生育，過正常生活。」

「我不再追求快樂，我不會高興得太早，也不會太遲，我已不懂高興。」

「還有噩夢否？」

「晚晚夢境複雜，各種閒雜人等，不知來自何處，在身邊團團轉，有些明明已經去世，亦無轇轕，我也並不害怕，只是客氣敷衍，不想無故得罪他們，若果醒着之際也這樣懂事，一定得益匪淺，夢中老是回不了家：搭錯車、摸錯站，即使回到家門，也忘記門牌，還有，街道、走廊，全都墨墨黑，但，心中仍然不怕，忽爾去到郊外，山石泥流滾滾，也會鎮定向前走……」

「可有見到牛頭馬面。」

「都是人面，掩飾得比好人還似好人。」

這時，史醫生看到自在房間背景，「你家居新裝修。」

他看到一室淺淺乳白，連柚木地板都髹上白色，家具套上白色布套，最奇的事：牆上有一幅畫，連框帶畫作，也漆上白色。

史醫生駭笑，「這是什麼一回事，原畫何物？」

自在答：「吩咐裝修師傅『全白』，油漆工人便一股腦兒照做，把掛着的畫也髹白。」

「這樣你覺得舒服？有人說，明明在自己家裏，還老想回家，是真正的沮喪。」

「過一日算一日。」

「自在，你這心病，要假以時日。」

「奇是奇在它絲毫不影響我日常生活運作，我猜想，我已有一半不在這世界裏。」

史醫生欷歔。

「家父七十壽辰那日要宣佈婚訊，我會比較忙碌，這兩個星期，恐怕不能與你談話。」

「我會等你。」

大日子來臨，許久沒有人居住的永宅打掃乾淨，像什麼事都沒有發生過，管家早一日已點燃蘋果餡餅味香薰，使客人一進門便覺溫馨。

客人陸續來到，人數不多，五十多名，其中十名是永氏老員工。

這才見永宅寬大，絲毫不見狹窄。

自在仍穿素色西服，加件外套，頭髮剪極短，顯得五官更精緻，悄悄站角落，並沒相幫招呼人客。

然後，

永柔美到了。

一亮相，大家的頭便轉過去。

自在微笑，柔美才是今日主角。

天氣尚未回暖，她只穿吊帶黑紗短裙，身段美妙，不知像哪一顆明星，她的皮膚在歐陸曬成金棕，又搽上閃亮化妝粉，根本不像華裔，笑着向人客點頭招呼，隨即發現角落裏的自在。

她走近，「姐，」擁抱，「可憐的姐，發生那麼多事……姐，我要痛惜你更多。」

近看，才知柔美化妝濃厚，深綠色眼線畫成魚形，渾身散發黃昏玫瑰糜熟香味。

自在目光落在柔美身後的人上。

那是一個漂亮年輕男子，穿着禮服，上衣剪裁無瑕可擊，顯得他胳臂是胳臂，腰是腰，低腰長褲穿得不能再窄，自在從沒見過有人穿禮服可以如此好看，通常只似胖些或是瘦些的企鵝，但這個人穿得像裹着羊皮的狼，竟如此不羈。

她發覺他也在看她，自在不禁微笑。

柔美卻絲毫不察覺，仍然半虛偽訴説如何懷念姐姐，當然，不會比懷念她母親更多。

終於想起，「啊，姐，介紹你認識我未婚夫莊生。」

原來是未婚夫。

這個稱呼最古怪，既然未婚，不可能是丈夫，真多餘。

「我還沒知會父親，姐，你幫幫忙，請他不要反對。」

永自在只聽到一半，心中納罕：呵，原來你在這裏。

柔美拉着兩人坐下，她坐中間，莊生要稍帶褲管，才坐得下。

兩人當中雖然擠着柔美，但莊生訝異想，原來一直尋找清純秀美的臉在這裏。

兩人並沒有避開對方目光，不過看一會，側頭，然後再看。

柔美滔滔不絕，猶自講個不停。

這時永先生與女伴出來，宣佈兩人婚期，客人鼓掌，一起喝香檳。

這時永氏助手走近，「大小姐，二小姐，請過去拍照。」

柔美拉着莊生與自在走過去，不忘自己是小妹妹，還跳一跳步。

姐妹倆站永氏及女伴一右一左，莊生站柔美身邊。

照片打印一看，自在側臉，莊生也側臉，兩人目光對上，嘴角含笑。

別人都沒有發覺，但林書理聰明絕頂，有點躊躇，這英俊的大男孩究竟是姐或妹的男伴？她新入門，千萬不要多管閒事。

她隨口問永先生：「兩姐妹，誰比較機靈。」

永氏嘆氣，「一個是聰明的白癡，另一個，是愚蠢的白癡。」

林書理駭笑，「誰是誰。」

「柔美比較聰明，除出玩，什麼也不做，自在較笨，還想做一些事。」

這時，自在緩緩走向露台，站着看風景。

背後有人輕輕說：「自在，你好。」

連聲音都那麼像。

她回答：「你好，莊生。」

永先生不知女兒性情，自在，已經很會為自身打算，她並不是一個懦弱女子。

而永家故事，還未完結。

——全書完——

書名　去年今日此門　作者　亦舒

出版　天地圖書有限公司
香港皇后大道東109-115號
智群商業中心十五字樓
電話：2528 3671　傳真：2865 2609

香港灣仔莊士敦道三十號地庫／一樓（門市部）
電話：2865 0708　傳真：2861 1541

設計及插圖　Untitled Workshop

印刷　亨泰印刷有限公司
柴灣利眾街27號德景工業大廈十字樓
電話：2896 3687　傳真：2558 1902

發行　香港聯合書刊物流有限公司
香港新界大埔汀麗路36號
中華商務印刷大廈3字樓
電話：2150 2100　傳真：2407 3062

出版日期　二〇一七年十二月／初版・香港